ELSSIE CANO

CREANDO A EVA

artepoética
press

NUEVA YORK, 2020

Title: *CREANDO A EVA*
ISBN-10: 1-940075-85-8
ISBN-13: 978-1-940075-85-3

Design: © Ana González
Cover & Image: © Jhon Aguasaco
Author's photo by: © Michelle Bravo-Cano
Editor in chief: Carlos Aguasaco
E-mail: carlos@artepoetica.com
Mail: 38-38 215 Place, Bayside, NY 11361, USA.

© *CREANDO A EVA*, Elssie Cano
© *CREANDO A EVA*, 2020 for this edition Artepoética Press

Todo es paraíso en este infierno.
Marqués de Sade

Todo está permitido,
no significa que nada esté prohibido.
Albert Camus

La tiranía no puede reinar
sino sobre la ignorancia de los pueblos.
Francisco de Miranda

En algún período en el futuro,
no muy distante si es medido en siglos,
las razas civilizadas de humanos
casi seguramente exterminarán
y reemplazarán a las razas salvajes
a lo largo de todo el mundo.
Charles Darwin

Fui una niña indómita, altanera, que no le tenía miedo a nada ni a nadie, ni siquiera al miserable y aborrecible individuo que era mi padre. El General, como yo lo llamaba, era un maestro dando castigos, no necesitaba de golpes o armas para herir a las personas. Las palabras y las miradas eran suficientes para desbaratar a cualquiera. Mi abuela —tan detestable como su hijo—, Ami y todos los que lo rodeaban temblaban sólo de verlo, pero no podía conmigo. Sus amenazas y bravuconadas me valían mierda, sin embargo, una mujer que vi en sueños logró asustarme y me puso a gritar. Exactamente el día que cumplí los once años tuve ese condenado sueño, un sueño que se convirtió en la pesadilla de medio mundo. Soñé que estaba sentada en una de las bancas de un parque grandísimo rodeado por altos edificios recubiertos de cristales. En el parque se levantaban árboles enormes repletos de hojas. Me distraía mirando como los otros niños jugaban, como trepaban piedras gigantescas o corrían bajo la sombra de los árboles verdes y frondosos; cuando, de pronto, un estruendo acompañado por un intenso resplandor apagó la luz del sol y una lluvia de polvillo negro cubrió los árboles, los niños, la banca, los edificios. Yo quedé sola en el parque rodeada por figuras hechas de carbón. Curiosa, miré en todas las direcciones y me abracé a mí misma para protegerme del frío ventarrón que empezó a soplar y que violento fue desbaratando todo a su paso. Me refregué los ojos para aclarar la vista y cuando los abrí estaba en un cuarto de baño grandísimo, con paredes y pisos lisos y blancos. La tina en medio del cuarto no era la tinaja de latón que teníamos en casa, la que se llenaba usando cubos de agua. Ésta era una bañera esmaltada con un grifo plateado por donde entraba un chorro de agua burbujeando y siseando como si fuera una culebra. Por una pequeña ventana se colaba el pálido reflejo de los faroles que brillaban en las calles, iluminando el cuarto y dibujando sombras sobre las paredes y el piso. Me saqué la bata, solté el largo pelo de la goma que lo sujetaba en una cola y mientras esperaba que la tina se llenara me dediqué a contemplarme en el espejo que ocupaba toda una pared. Desnuda, sonreí a la muchachita larguirucha reflejada en el cristal y, tal como hacía cuando estaba despierta, le saqué la lengua, le hice pucheros, la besé pegando los labios a la superficie y ella hizo lo mismo conmigo. Y mientras me dedicaba a confesarle el amor que sentía por su persona, el vapor saliendo de la bañera empañó el cristal y mi imagen se volvió borrosa. Fue en vano que limpiara la superficie del cristal porque el vapor estaba dentro del espejo. Lentamente el humo, del otro lado, fue desvaneciéndose hasta hacer visible la presencia de una mujer sumergida en el cristal. ¡*Ahhh!* exclamé sorprendida y sin poder evitarlo los pelos se me pararon de punta. La mujer era alta, atlética, imponente. El pelo recogido en un moño dejaba al descubierto una cara de pómulos pronunciados y mentón cuadrado, desde la oreja derecha hasta la mitad de la mejilla le atravesaba una gruesa y asquerosa cicatriz. Su cara y sus manos estaban manchadas de sangre, igualmente la casaca y los pantalones plomizos que llevaba puestos. *Esta mujer se parece al General*, pensé mientras la observaba con la boca abierta. La mujer dentro del espejo se despojó del cinto donde llevaba una pistola y lo puso sobre el tablero, luego se deshizo del que parecía un uniforme y su cuerpo macizo y fuerte quedó desnudo ante mis ojos. Sus senos pequeños, su vientre plano, sus caderas redondas, el vello encrespado cubriendo su sexo y sus largas y fuertes piernas fueron reemplazando el flacuchento reflejo de mi cuerpo en el cristal. Con ambas manos, la mujer, desbarató el moño y su largo y negro pelo cayó sobre sus hombros. Creí que me miraba desafiante, que me amenazaba con sus ojos grandes y grises, que sus labios delgados me sonreían con burla, pero no era así. Realmente ella se estaba observando a sí misma porque de alguna manera el espejo era doble. El vapor saliendo de mi tina invadió por completo el cuarto de baño y el siseo del chorro de agua se transformó en lamentos, alaridos de dolor, de angustia, de pánico. A medida que el vapor se desvanecía, tras la extraña mujer apareció, en medio de enormes lenguas de fuego, un gentío que más que hombres y mujeres parecían esperpentos. Muchos tenían huecos en lugar de ojos, a muchos otros les faltaban orejas, brazos, dedos. Nadie estaba completo. Aquellos faltos de piernas se arrastraban por el piso ayudándose con las manos y los que no tenían ojos daban tumbos rebotando contra los demás. *¡Ahhh!* volví a exclamar cuando descubrí a una gran cantidad de esas horribles criaturas llevando entre los brazos sus propias cabezas reventadas chorreando una masa gris y sanguinolenta. Daba un paso hacia atrás intentando escapar de la perversa visión cuando la mujer agarró la pistola, apretó el gatillo e hizo fuego contra la muchedumbre. La sangre de esa gente salió disparada por el aire y embarró el cristal. Asqueada y maldiciendo me acerqué para limpiar el espejo con una toalla humedecida. En el cristal ya no encontré a la mujer sino el reflejo de mi flacuchenta figura toda manchada con la sangre de esos infelices. Parado detrás de mí vi al General, mi padre, mirándome con esa maldita mueca en la boca que pretendía ser una sonrisa y que no era otra cosa que reproche y rabia. Intenté escapar y las piernas no me respondieron, era como si tuviera los pies pegados al piso y sin poder moverme me puse a gritar como una loca. Grité, grité y grité sin poder parar de gritar. ¡Eva, despierta Eva, despierta! escuché una voz familiar llamándome desde lejos. Lentamente abrí los ojos y ahí fuera del sueño encontré a Ami sacudiéndome por los hombros. ¡Sangre, sangre! grité creyendo estar embarrada con la pegajosa sustancia. *Shhh, shhh… tranquila. Eva, tranquila, todo está bien*, susurró Ami envolviéndome entre sus brazos. ¡Esa horrible mujer está en el espejo, esa horrible mujer está matando a esos infelices! sin poder calmarme volví a gritar y esta vez Ami acercó su hermoso rostro al mío, puso un beso en mi frente y asegurándome que había tenido una pesadilla dijo: *Eva, no puedes tener miedo, lo que pasa en los sueños no es la realidad. Vamos, cambia esa carita, sonríe, olvida las cosas feas. Hoy es tu cumpleaños.*

Había tenido un día de mierda y me sentía no sólo física y mentalmente agotada sino furiosa. Era tal mi mala sangre que cualquiera que se cruzara en mi camino corría el riesgo de terminar con sus huesos a metros bajo tierra o con los ojos rodando por el piso ¡Mierda, me cago en todos los malditos que piensan que vivo en un paraíso! exclamé rugiendo igual que una bestia acorralada.

Me tiré sobre la cama sintiendo como el líquido amargo, mezcla de hierbas fermentadas y gingo, que había tragado a pico de botella, deliciosamente, me quemaba la garganta. *Tú no puedes cometer errores*, había vociferado el General lanzando chispas por los ojos, con las venas del cuello a punto de reventársele. Dando un puñetazo sobre una mesa exclamó: ¡Recuerda que eres perfecta! Esa perfección que me imponía mi padre me había convertido en una mujer ajena a las banalidades del mundo y comprometida totalmente con una causa grandiosa. El Todopoderoso me había escogido para reconstruir el mundo y en su nombre era mi voluntad hacer cumplir cualquier misión que estuviera destinada a conducir al pueblo hacia el orden, el equilibrio, y elevarlo sobre la historia. Sabía que algunos, como el perro traidor del Joaquín, se escondían entre las sombras, conspiraban tras mis espaldas y llamaban a mi política "la maquinaria brutal." ¡Qué mierda sabían ellos! Si pensaban que actuaba arrastrada por el odio o con soberbia estaban equivocados, el único motor que guiaba mis acciones era la responsabilidad de proteger a los escogidos y velar por las provisiones. Estaba convencida de que el pasado había sido un error y mientras dependiera de mi decisión jamás permitiría que las masas se multiplicaran como cucarachas e igual que las sabandijas infestaran el planeta. Además, sabía que el General compartía mis sabios juicios y dictámenes. Es que no había otras maneras para crear una nueva sociedad que mirar al futuro con dignidad y decencia.

—¿Lo eliminas tú o tengo que hacerlo yo? —preguntó el General sacando su revólver del cinto.

—No te metas en mis asuntos, no me jodas —respondí indignada. Se merecía esa respuesta por hacerme ver como una incompetente, como un perro moviendo el rabo a pesar de mostrar que era tan dura, inflexiva y maldita como él; que el miedo a proceder y a matar no estaban en mi agenda. —Me basto y me sobro para corregir mis propias "cagadas" —añadí con ganas de romperle la cara para así borrarle ese gesto de ser omnipotente que en ese momento odiaba más que nunca.

—Prueba que mereces mi admiración, prueba que mereces el título de Juez Supremo —dijo desafiante, mirándome con frialdad y asco, como si yo valiera lo mismo que la mierda.

—¡Vete al carajo General hijo de la maldita perra que te parió! —exclamé enardecida después de salir dando un portazo. —¡Cómo si fuera fácil tener que lidiar con insatisfechos, incapaces, tarados e imbéciles! —farfullé entre dientes.

Reconocía que había fallado al creer que tenía un amigo y que podía confiar en él. Fracasé porque caí en la trampa de la amistad, por dejarme llevar por los sentimientos y ahora debía pagar esa debilidad. Por culpa de un agitador irracional y estúpido como era la rata traidora del Joaquín había demostrado que no era infalible y eso precisamente era lo que me tenía rabiosa, con ganas de hundir en la mierda al mundo entero. No era perfecta por mucho que mi padre insistiera en repetirlo y que yo lo creyera. Podía no serlo, pero estaba decidida a mantenerme en mi lugar y continuar con mi política, aunque tuviera que acabar con toda la raza humana. ¿Qué mierdas creía el General? Cómo si no supiera que por naturaleza el ser humano era un animal taimado, desleal, rencoroso y traicionero. Era la única bestia que podía fingir mansedumbre siempre y cuando le conviniera, que pretendía sonreír y dar unos cuantos saltitos agradecidos mientras recibía alimentos y atenciones; pero en cuanto se presentaba la oportunidad mostraba los colmillos y daba un zarpazo. Podía mandar a fusilar a todos los opositores, borrar del mapa a todos los enemigos, pero no podía detener la temeridad tampoco las ganas de rebelarse latente en las mentes febriles de ciertos anormales. ¡Recuerda que eres perfecta, Recuerda que eres perfecta! ¡A la mierda con la perfección! Cuando se trataba de perros rabiosos como aquellos envenenados por Joaquín con la promesa mentirosa de que se lo merecían todo, que podían actuar con libertad, hacer lo que se les venía en gana y destruir todo a su paso, no había palo que los amansara. No quedaba otra alternativa que mocharles la cabeza antes de que la ponzoña tocara a otros. Clamar a los cielos con los brazos abiertos, o lanzar mensajes idílicos y ridículos como aquel "amaos los unos a los otros" nunca tuvieron efecto, se perdieron en las arenas del desierto. Lo que la bestia humana necesitaba era ser aplacada, sometida. Por eso, para facilitar el amansamiento de los salvajes, era necesario reducirlos a personajes colectivos, a rebaño, a masas. No, no era nada fácil manejar el destino de la gente, mantener el continuo control sobre los astutos animales. No era perfecta pero ahora más que nunca sabía que debía comportarme como un verdugo, con la lista de castigos en una mano y el látigo en la otra. Sólo así podía frenar la desobediencia y la inconformidad que por desgracia eran instintivas en el ser humano. *Mi trabajo es el mismo que el de un amaestrador de perros rabiosos, de fieras salvajes y cretinas,* digo mientras agarro la botella de la mesa y trago el líquido apaciguador. *Si el palo no los amansa, gracias a que existen hachas, fusiles, guillotinas, machacadores de cráneos.*

D.C. —Después del Caos— como se llamó al período que vino luego de la Gran Guerra, los sobrevivientes quedaron no sólo desbaratados, torcidos, calvos, tuertos y mochos sino abatidos, confundidos, desorientados, perdidos. Habían descubierto que no era posible salir campantes de una explosión nuclear y seguir brincando en una pata, felices y muertos de la risa como si recibir el impacto de una bomba fuera lo mismo que darse un baño con agua tibia. Al recordar aquella época el General decía: *Utilizar este tipo de explosivos nucleares es siempre la solución. El recurso ideal cuando no quedan otras opciones para detener el conflicto armado, la estupidez colectiva, hacer una limpieza masiva y deshacernos de los indeseables.*

El intenso calor producido por la explosión llevó a altas altitudes las partículas de madera, plástico y combustible quemados por semanas enteras, bloqueando la luz solar. Los millones de toneladas de hollín produjeron la baja de temperaturas, el "invierno nuclear" que destruyó la agricultura provocando la muerte de miles de millones a causa del hambre. Otros miles de millones murieron a causa de la radiación liberada por la explosión y el incremento de los rayos ultravioleta debido al gigantesco hueco de ozono producido por el hollín. La radiación arruinó las instalaciones de agua tratada, los servicios de comida almacenada y toda forma de comunicación electrónica. ¡Increíble, a pesar de todos los horrores igual que las cucarachas, los escorpiones y las moscas, también los humanos lograron sobrevivir un *ataque nuclear!* En hordas, bárbaros sin ley ni dirección, la gente que aún quedaba en pie buscó refugio en cuevas y huecos en la tierra. Hombres y mujeres se convirtieron en larvas de bestias para un nuevo mundo. Un nuevo mundo destruido y desolado que era producto de la estupidez, la ambición, la necedad, la permisividad, la falta de supervisión y más que nada la tolerancia excesiva existente en el pasado. Aquello del respeto a los derechos humanos, las consideraciones para cualquier sarnoso infeliz que era una amenaza para los otros y no servía para un carajo, los tenía jodidos. Llevados por los instintos, sin otro fin que llenar las tripas y amarrarse como perros alunados, los sobrevivientes se trenzaban en luchas despreciables, se destrozaban entre sí no sólo por conseguir un pedazo de algo que llenar el buche sino por saciar la incontrolable urgencia de sexo. Si estos hombres y mujeres ya eran deficientes e infames, calamitosamente, en esos momentos deplorables, la apremiante necesidad animal dio por resultado crías mucho más defectuosas y despreciables. Llegó el momento en que los mugrosos sobrevivientes no encontraron que comer y recurrieron al canibalismo. Para continuar vivos los muertos de hambre se dieron a la tarea de cazar a los más débiles, engulleron carne humana y bebieron sangre de su propia raza. Por largo tiempo vivieron igual que las bestias y los animales salvajes, desplazándose en manadas para defenderse o atacar a las otras manadas. Si algún temerario con suficiente valor y masa gris en la sesera no hubiera tomado cartas en el asunto, no habría cuento que contar porque no hubiera quedado un solo gusano con vida. Por suerte, y a tiempo, apareció el Todopoderoso, el Vigilante, el Salvador del Mundo, un hombre fiero, voluntarioso, con temple y además pragmático, que logró reagruparlos y a palos y garrotes regresarlos al redil. Han pasado unos cuantos siglos después del Caos y aún continuamos en la lucha, tratando de mantener el orden, la calma y la cordura. Como lo había dicho antes controlar a las masas cretinas y necias no era nada fácil. No era cuestión de dedicarse a pendejear, caminar sobre las aguas o resucitar muertos. ¡Imagínense, cuánta babosada en la que creía la gente del pasado! Cuando caminar sobre la tierra es lo sorprendente y eliminar a la mayor cantidad de vivos indeseables es lo ideal. Para conservar la estabilidad y la estructura de la sociedad intactas son necesarias la vigilancia constante, la información restringida al mínimo posible y más que nada: la estricta acción militar. Aún, así, en cualquier momento aparece un arrebatado infeliz cabeza caliente que intenta rebelarse contra el orden establecido, a tus espaldas organizar una revuelta y poner en peligro la seguridad nacional. Después de comprobar la traición de parte de Joaquín, al que consideraba mi mejor amigo, supe que no era posible confiar en nadie. Por lo menos no cuando ocupabas una posición como la mía y cumplías con una causa máxima. Vacilas, das un paso en falso, y al momento el mundo entero lo huele y se te va a la yugular. Tus amigos, tus aliados, tus subalternos, cualquier pelagatos sarnoso muerto de hambre, es capaz de traicionarte y levantarse en tu contra. Por eso estaba convencida de que un mandatario no podía tener contemplaciones ni mostrar debilidad en ningún momento. Era mi creencia que el uso de la fuerza bruta hacía un gobierno poderoso, el miedo al castigo y la muerte aplacaban las ganas de joder. No existía otra medida mejor que imponer el terror para hacer cumplir el principio sagrado que era la obediencia absoluta y conseguir que todos y cada uno agradeciera la justa y bondadosa intervención del líder, del eterno Salvador del Mundo.

Cuando me levanté de la cama ya había caído la noche. Agradecí el poder para relajarme que tenían tanto las raíces fermentadas como el gingo, el pestilente fruto de aquel árbol que ni las bombas atómicas lograron aniquilar. Con la botella de la mágica mezcolanza en la mano me detuve a contemplar las calles semi desiertas desde la estrecha ventana de mi oficina en el edificio central de la Unión de Nuevas Naciones (UNN), donde más por seguridad que por conveniencia también se encontraba mi vivienda. Si no eran por motivos de emergencia comprobada nadie estaba permitido para deambular por las calles después de la caída del sol. Únicamente los borrachos y aquellos que se hacían pasar por locos se atrevían a desobedecer las órdenes y por eso terminaban con las costillas astilladas. Y no sólo para quitarles las malas mañas sino para que sirviera de escarmiento a descarriados y resabidos, muchos iban derechito a los Colgaderos. Los cuerpos colgaban desnudos de los miles de postes colocados a lo largo del llamado Camino del Sosiego, una calle asquerosa que hedía a sangre, a mierda seca y que, sin embargo, era paso obligado para que la gente pudiera ver el estado en que quedaban los desobedientes. Mientras, a pico de botella, tragaba la maravillosa mezcla comprobaba que los soldados patrullaban los contornos del edificio. Nunca se habían registrado intentos de asalto a la pesada estructura de piedra y acero, sin embargo, como precaución era conveniente guardar las medidas de seguridad. El estallido de las bombas durante la Gran Guerra había dejado las ciudades en ruinas, aún después de unos cuantos cientos de años que habían pasado era poquísimo lo que se había reconstruido. El edificio, de diez pisos y dos sótanos, donde funcionaban nuestras oficinas centrales, era una de las estructuras que sufrió serios daños pero que no colapsó durante la explosión como la mayoría de las otras construcciones que lo rodeaban, a pesar de haber sido "indestructibles" rascacielos. Éste era un edificio macizo y firme que parecía estar amarrado a la tierra. Los ventanales que adornaban el primer nivel, y rotos por el estallido de la bomba, fueron sellados con piedras, el portal en la entrada principal reemplazado por pesadas puertas metálicas y para mayor seguridad se erigió un muro de altas y puntiagudas varillas de fierro en los cuatro costados.

Mirar el fulgor de las estrellas y las lucecitas de las cámaras de vigilancia brillando en la obscuridad a través del estrecho hueco en mi cuarto era algo que me relajaba y que hacía cada noche. Años atrás, bajo edificios derrumbados y rumas de desperdicios, se habían encontrado aparatos que generaban electricidad, mecanismos que antes del Caos, felizmente, se habían guardado y protegido para casos de emergencias. Una vez que se enderezaron y se supo de su funcionamiento abandonamos, aunque no por completo, las antorchas y teas que usábamos para alumbrarnos. Sonreí pensando que, a pesar de haber perdido gran parte de los avances tecnológicos adquiridos por las civilizaciones anteriores al Caos, aún podíamos utilizar instrumentos que nos ayudaban a controlar y atemorizar a la gente. *Definitivamente, me dije, la mejor definición que pudiera darse al hombre sería: animal ingenioso con la capacidad para fabricar artefactos que sirven para vigilar, castigar y matar a los semejantes a través de los siglos.*

Me alejé de la ventana y tomé asiento frente al detector instalado en la habitación y dirigido al cuarto de torturas donde se encontraba Joaquín. Mirarlo me causaba rabia. El estúpido había desplegado una lucha desordenada y loca por materializar la igualdad, el derecho a escoger a una persona que los representara, el acceso a la alfabetización, el conocimiento y otras majaderías más. Por culpa de sus malditas ideas y de sus pretensiones de mierda, la estabilidad de nuestra organización estuvo a punto de irse al carajo. Si tanto querían la igualdad podría mandar a darles una rociada de Ciclón B y así todos quedarían igualmente desbaratados y dejarían de joder. La mezcolanza de alcohol y gingo me supo a rayos, sentí que me envenenaba con mi propia saliva. ¡Mierda! exclamé haciendo estallar la botella, a medio consumir, contra la pared. El perro asqueroso se había atrevido a traicionarme después de que le había brindado mi amistad y la oportunidad de conocer información reservada a una reducidísima élite. Tenía razón el General al afirmar que la amistad era una tara que no permitía ver con claridad lo que se cocía frente a los ojos, lo que convendría conocer de antemano.

Espero que el castigo que impongas a esos perros rabiosos sea ejemplar y sirva de advertencia a cualquiera que intente hacer lo mismo. No vamos a repetir las equivocaciones del pasado permitiendo que todo el mundo haga lo que quiera sin que pague por sus culpas, dijo el General sin darme tregua, hincándome para que actuara sin demoras y de una vez por todas mandara mochar la cabeza de Joaquín, así como las de los pobres diablos que el maldito había logrado sublevar. Qué el General quedara tranquilo porque las cosas no terminaban, así como así. Si quería ver sangre pronto vería sangre rodando a chorros. La traición se paga con la tortura, nadie saldría bien parado, a nadie le perdonaría haberse burlado de mí. Si antes esos miserables habían llamado a mis métodos "la maquinaria brutal" ahora sabrían en carne propia lo que significaba la brutalidad. Actuaría como tenía que ser, no tendría clemencia por Joaquín ni por nadie. ¡Por nadie! Qué el centenar de mierdosos, sus secuaces, enfrentaran al escuadrón de la muerte. Qué los cien o doscientos perros malditos fueran fusilados al mismo tiempo por cien o doscientos soldados.

Pude deshacerme de Joaquín como hacía con todo el que estaba en mi contra, con los que estorbaban a mis planes. Nada hubiera sido más fácil que ordenar que lo fusilaran, que le arrancaran la cabeza, que lo masacraran y sus piltrafas sirvieran de alimento para los "ratunoides", las bestias y los gallinazos. Yo misma pude apretar el gatillo de mi pistola y darme el gusto de volarle los sesos. Decía no tener compasión por nadie, sin embargo, algo muy dentro de mí me detenía. Y sin saber definir esa sensación, para justificar mi debilidad, me dije que matarlo significaba hacerle fácil la salida de este mundo. Pensé que Joaquín necesitaba tiempo suficiente para razonar, para darse cuenta de su necio y estúpido comportamiento. Joaquín necesitaba sanarse de quimeras, limpiar su corazón de sublevaciones y rebeldías pendejas. Por eso, para poder aplicarle el tratamiento adecuado, ahí continuaba el infeliz quizás creyendo que todavía podía intentar vencerme.

Recordé cuando conocí a Joaquín. Fue en la Academia, el lugar donde se entrenaba a los militares. Teníamos doce años aquel entonces. El muchachito estaba sentado junto con otros compañeros en espera de ser llamado a formar parte de una de las diversas columnas. En vez de prestar atención al igual que todos los demás, él, con la mirada, recorría los muros que rodeaban el enorme patio como si estuviera sopesando la estructura. Me le acerqué más que nada llevada por la curiosidad.

—Soy Eva, quiero que seas mi amigo —dije con una sonrisa que él respondió con una mueca—. Sabes que estaremos aquí por varios años para aprender técnicas que nos ayudarán a pensar con claridad, con sensatez, y que nos convertirán en fieles guardianes del Estado, listos a matar o morir por una causa justa —le dije repitiendo palabras que usaba el General.

—¿Quieres decir que aquí me sembrarán en la mente ideas que no son las mías y me transformarán en otra persona que no soy yo? —preguntó mirando a todos lados en busca de una salida por donde escapar.

¡Mierda! volví a exclamar sin poder controlar la rabia. Desde la primera vez que hablé con ese desgraciado hijo de perra pude haberme dado cuenta de que el miserable terminaría mal y ciega le ofrecí mi amistad. Joaquín no era un cobarde tampoco un necio, sencillamente Joaquín no era un animal de rebaño, Joaquín dudaba… necesitaba razones, pruebas para convencerse de los hechos y ese comportamiento dañino lo ponía a caminar en la cuerda floja. Confié en su inteligencia, en su buen juicio, pero no, él creía que la igualdad era posible, defendía que la gente merecía decidir por ella misma y hacer su regalada gana sin darse cuenta de que la libertad abría la puerta a la violencia latente en los humanos. Joaquín era un renegado y no estaba dispuesto a obedecer sin chistar, a aceptar lo que se le decía sin antes cerciorarse que era verdad, no era capaz ni podía resignarse a pensar y actuar como todo el mundo. Secretamente reclutó y adoctrinó a ese grupo de afrentosos zoquetes y los envolató, los animó a hacer una revolución y con ella conseguir derechos inimaginables y absurdos. Gracias a la implementación de leyes rigurosas y la estricta seguridad, revueltas, sublevaciones o el mínimo conato de rebelión estaban bajo control. Por eso nos tomó por sorpresa cuando de la noche a la mañana aparecieron cámaras de vigilancia desmanteladas, cuarteles dinamitados, soldados acribillados en las calles, un hombre importante del gobierno muerto a cuchillazos y abandonado en un callejón como si fuera un perro mugroso. Lo mismo que un reptil, una fuerza sediciosa se movía entre las sombras y debía ser aniquilada antes de que tomara fuerza. El cabecilla del grupo rebelde debía ser algún maldito desgraciado con las agallas suficientes para, inclusive, atreverse a dibujar sobre los afiches que mostraban la cara del Salvador del Mundo a una mujer puesta en cuatro con una enorme verga metida por el trasero. Por un momento la imagen de Joaquín me pasó por la mente, pero me dije que era absurdo, imposible, porque Joaquín era mi amigo. Fue necesario movilizar escuadrones por toda la ciudad hasta dar con los responsables. En la cueva de los rebeldes se encontró un arsenal donde había desde metralletas y pistolas hasta granadas, bombas caseras y tacos de dinamita. Los secuaces de Joaquín fueron encadenados y como animales en jaulas trasladados en varios camiones a los calabozos públicos ubicados detrás del Anfiteatro. Joaquín era un caso especial que merecía un tratamiento especial y por lo tanto fue llevado a un cuarto especial localizado en el sótano del edificio central de la UNN.

No me sorprendía, pero me negaba a creer que Joaquín, el amigo de toda la vida, mi confidente, mi hermano, fuera el cabecilla de los revoltosos. No quería creerlo. Me negaba a aceptarlo aun teniéndolo frente a mí, mirándome desafiante y estúpidamente proclamando: *¡No más muertes! ¡No más abusos! ¡Todos somos iguales, todos merecemos los mismos derechos y una mejor calidad de vida!*

Me convencí de su traición cuando el maldito miserable se atrevió a escupirme a la cara y gritarme: *¡Sátrapa! ¡Asesina!* El loco de mierda tuvo la osadía para reclamar "el derecho" a un tribunal que determinara su culpabilidad y la de sus adeptos. ¡Nunca en mi vida escuché algo tan descabellado y ridículo! Joaquín estaba loco, sólo a un loco se le ocurriría imaginar que otros decidieran su suerte cuando para eso estaba yo. Definitivamente Joaquín desvariaba al pensar que la obediencia y la fidelidad podían anularse y ponerse en mi contra. Por creerse el héroe y el defensor de causas perdidas ahora estaba hecho una cochinada. ¡Qué derechos, que libertades ni qué pendejadas! Con más ganas ordené que lo agarraran por los huevos y a trompadas le arrancaran los dientes. Dentro del cuarto especial donde fue llevado a rastras, los verdugos, entrenados en todo tipo y métodos de infligir sufrimiento y dolor, siguiendo mis órdenes, lo colocaron frente a la pared y mientras lo interrogaban lo lanzaban violentamente contra ella. Joaquín sería torturado hasta que reconociera que estaba equivocado. Su cuerpo cayó hecho trizas en el suelo, lo recogieron y volvieron a darle el mismo tratamiento una vez más. Los golpes contra la pared lo dejaron irreconocible, con la cabeza astillada, las dos piernas rotas, vomitando sangre, meado y cagado.

Lo miré a través del visor y comprobé que parecía un monigote roto bajo la luz de un reflector que le daba directo a la cara. Tenía los ojos cerrados, pero a pesar de su quietud sabía que estaba despierto. Por un momento me había tentado la idea de hacer que le cosieran los párpados para impedir que cerrara los ojos y se le secaran; luego la había descartado porque era importante que pudiera verme claramente, que constatara que era yo la que decidía que hacer con su miserable vida. Ordené entonces que el hombre encargado de su curación le arrancara las uñas, que le martillara los dedos de pies y manos, que lo azotara con una correa provista de clavos, que lo sodomizara con una pistola, que metiera su cabeza en una tina de agua una y otra vez, que le aplicara corrientazos eléctricos, y junto con los diferentes tipos de terapia, que fuera obligado a repetir el juramento al Todopoderoso una y otra vez. Qué lo repitiera hasta que aceptara que era un hombre de fe, convencido de la sabiduría del Salvador del Mundo, de su poder, de la protección que brindaba a su pueblo como prueba de su infinita bondad. Joaquín debía borrar de su mente todo intento de sedición y convertirse en una máquina obediente, como todo el mundo, como debía ser. Encargué que al perro traidor nunca le faltara su ración de comida y agua. Parte de la cura consistía en mantenerlo nutrido, hidratado, lúcido y consciente de todo a lo que era expuesto. A través del detector comprobaba que mis órdenes fueran cumplidas al pie de la letra. Por eso cuando el dolor, la hinchazón o a la pérdida de las muelas lo imposibilitó de masticar fue alimentado a través de un tubo, un tubo que me gustaría le fuera insertado por el trasero. Ya llegaría el día de verlo recuperado de esos horribles males que eran la deslealtad y el desacato, ya lo vería llorando arrepentido y suplicando mi perdón, limpiando mis botas con la lengua y arrastrándose por el piso como el miserable gusano en que se había convertido.

Necesitaba relajarme, descansar, olvidar por un rato la frustración que me provocaban Joaquín y los otros desgraciados sarnosos que no tenían ni la más puñetera idea sobre lo que era la responsabilidad. Los muy cretinos no reconocían el empeño y el esfuerzo que se requerirían para mantenerlos comidos, aunque fuera carne de ratas y de "ratunoides", que a costa de mi propio beneficio pensara y decidiera por ellos evitando así que cometieran errores. No entendían que gracias a mi asistencia estaban salvos de lo nocivo, de lo egoísta que resultaba acumular y tener más de lo necesario, más aún en este mundo donde los recursos eran limitados.

Fui en busca de otra botella del maravilloso líquido apaciguador, pero en su lugar decidí meterme a la bañera. Acostada entre las burbujas que formaba el surtidor me vinieron a la mente ciertos momentos de mi vida. Recordé a Ami, la mujer que me había parido. Ella era distinta, anacrónica, no se parecía en nada a mí y mucho menos al maldito General. Recordarla, de cierta manera, conseguía sosegarme.

Ami era una mujer bella, paciente, temerosa. *No tengas miedo, me tienes a mí para defenderte*, le decía cuando la veía temblar frente al terror que le producía el General. Me gustaba olerla. Ami olía a flores, esas que crecían entre las piedras decididas a sobrevivir, que yo y ella recogíamos y que Ami mezclaba con el agua en la tinaja de latón que servía de bañera. Ami tenía la piel blanca y suave, llevaba el pelo negro y largo recogido en un moño sobre la nuca. Me hubiera gustado tener sus ojos enormes, su nariz corta, su boca pulposa, su belleza. Pero no, yo me parecía al General. Igual que mi padre yo tenía los ojos grises acerados, los labios delgados, la forma cuadrada de su mentón. *Físicamente te pareces a mí, pero desgraciadamente tienes el carácter blando y la personalidad apocada de esa mujer*, repetía continuamente el aborrecible individuo que era mi padre y me miraba como se mira a un gusano o a una cucaracha. Muchas veces me remecía por los hombros y gritaba: *¡Deja de comportarte como una imbécil!* En cambio, Ami era consentidora, conciliadora, me pedía que tuviera paciencia y fuera comprensiva con las dos repugnantes personas que eran mi padre y mi abuela. Cuando quedábamos a solas, contentas, yo y Ami cantábamos a dúo las líneas de la canción que ella aprendiera cuando era niña, líneas que hablaban de cosas estúpidas pero que sonaban bonito.

I see trees of green, red roses too.
I see them bloom, for me and you.
And I think to myself, what a wonderful world.

Ami siempre encontraba el lado bueno de las cosas por más feas y desastrosas que fueran. Las lluvias arrastraban basura y mil de porquerías hasta nuestra aldea y dejaba huecos fangosos en los caminos. Sin embargo, ella no maldecía y vociferaba como la Generala y los demás. Mas bien agradecía al Salvador del Mundo por humedecer la tierra y hacer crecer nuevos retoños entre las piedras. Ami reía con facilidad. Su risa era ruidosa y contagiosa, por lo menos a mí me contagiaba, sólo necesitaba oír su repiquetear para que yo hiciera lo mismo. La Generala, la madre del General, una vieja rezongona, agria y de malas pulgas nos regañaba por armar tanto alboroto. Según ella, para contrariarla y ponerla de mal humor.

—¡Par de idiotas paren con esas risas! Lo hacen a propósito porque saben que no soporto ese escándalo. Un día de éstos me van a matar —chillaba la vieja.

—¡Muérete ya vieja de mierda y no nos jodas más! —gritaba yo con ganas de coserle el hocico. La Generala tragaba bilis, pero no se atrevía a darme un soplamocos para no tener que escuchar más "insolencias" que salían de mi boca.

—Una más que me debes —gruñía la vieja contándose los dedos para dejarme saber que llevaba la cuenta de todas mis groserías, mis provocaciones, y que me las tenía guardadas.

—No te debo nada vieja asquerosa, rastrera infeliz. Ojalá te vayas de cabeza al piso y no vuelvas a levantarte más, ojalá te atores, ojalá te envenenes y te mueras de una maldita vez —continuaba yo respondiendo sin darle respiro.

—Vamos a ver, que vas a hacer cuando llegue tu padre y le diga de tus insolencias y de tu indeseable comportamiento.

Los ojos color del cielo en las madrugadas, enormes y brillantes, resaltaban en la cara de Ami. Ella hablaba con los ojos, no necesitaba abrir la boca para decirme que no hiciera caso a los gritos y amenazas de la "Generala" como, a sus espaldas, llamábamos a la maldita vieja. Ami pensaba que no responder era la solución para evitar confrontaciones y sólo para no verla sufrir yo me mordía la lengua y me hacía la pendeja. No porque le tuviera miedo al General como creía la vieja soplona.

No sabía exactamente a que se dedicaba mi padre. No era un simple soldado porque los pantalones y la casaca que usaba no eran color verde sino gris, el mismo que llevaban los hombres encargados de dar y hacer cumplir las órdenes. Sin embargo, como ellos, no llevaba insignias, adornos y miles de chucherías prendidos en la pechera; tampoco cargaba encima metralleta, balas, granadas y cuchillos sino una simple placa triangular mostrando un ojo y una pistola oculta bajo la casaca. Para mí que él era un general o por lo menos era lo que parecía. Cada que escuchaba estallidos de balas o de bombas no podía evitar imaginarlo dando las órdenes para atacar y disparar: *¡Fuego!* La Generala aseguraba que estábamos en tiempos de guerra. Parece que esos tiempos no acababan de terminar porque desde que tuve uso de razón recuerdo haber escuchado el ruido de las constantes explosiones. En ocasiones parecía como si las bombas cayeran sobre el techo de la casa. Yo y Ami, con los nervios de punta, esperábamos, en cualquier momento, ver la casa desplomarse y las dos volando por los aires hechas cisco. Sin embargo, la Generala decía que no había nada que temer porque la contienda se libraba muy lejos. Sea lo que fuera mi padre tenía que ser alguien muy importante. Definitivamente era un militar porque todo lo que le interesaba eran los temas bélicos y con un mundo embolatado y peligroso como el nuestro, pasando de un enemigo a otro, o de una confrontación a otra, era muy poco el tiempo que tenía para dedicarlo a la familia. En los dos últimos años, por suerte, lo había visto muy poco. Dije "por suerte" porque el General era déspota, insensible y no se daba a querer. Al verlo llegar a casa me entraban ganas de tener el poder de hacerme invisible o de salir disparada a la luna, pero tenía que aguantármelo y comportarme para evitar que Ami pagara los platos rotos. ¡Qué manera de joder! Creería que el General disfrutaba atormentándonos a mí y a Ami. Yo debía repetir una y otra vez ese juramento al Todopoderoso que era impuesto en fábricas, bases militares, servicios públicos, en todo lado. Juramento que todo ciudadano estaba obligado a conocer y aceptar mansamente. Yo no sólo debía repetirlo sin fallar una sola palabra sino con fervor, con devoción, enfatizando las palabras, bajo pena de verlo gritar a Ami: *¡Por tu maldita culpa Eva es una miserable poca cosa igual que tú! ¡Con todas esas ideas de mierda que le metes en la cabeza estás creando a una inútil, a una imbécil!*

Juro lealtad a ti Todopoderoso, Salvador del Mundo. Gracias por tu bondad y sabiduría, por darme la salud y la alegría. Gracias por suplir todas mis necesidades, por el pan, el techo, la ropa y el trabajo. Gracias por estar a mi lado cada momento de mi vida. Gracias por el orden y la seguridad, por protegerme y defenderme del enemigo. Tu voluntad es la ley y yo tu humilde servidor prometo obedecerte y serte fiel por siempre. Gloria, honor y poder a ti por los siglos de los siglos. Ése era el juramento que repetía poniendo todo mi empeño para complacer al General. Aun así, él no quedaba conforme y me acusaba de no saber "cosas importantes", como cuántos muertos había dejado el último enfrentamiento, cuántos prisioneros colgar o degollar, por qué la necesidad de mantener al ejército listo para la acción armada, que debíamos hacer para aplastar a nuestros enemigos de una vez por todas. ¿Cómo saberlo si todos los días había ataques y cientos perdían la vida o quedaban despaturrados? ¿Cómo saber quién era el enemigo si se luchaba con todo el mundo? ¿Sería la UNN de Oriente, la del Extremo Oriente o la del requeté Oriente? Para amedrentarme y meterme miedo me miraba con esos ojos fríos, impenetrables, pero ¡qué va! yo no era la sumisa y tonta de Ami. *A mí me valen una paja tus muertos y tus enemigos,* contestaba haciéndome "la mata siete", como Ami llamaba a mi atrevido comportamiento, y después salía hecha un bólido por toda la casa para que el cabrón del General no pudiera alcanzarme.

Con Ami usaba otros métodos de tortura, la criticaba, le llevaba la contraria en todo lo que hacía o decía, la llamaba tarada, basura y barría con ella. En una ocasión, al llegar y encontrar las flores con que Ami, tratando de halagarlo, había decorado la casa entró en cólera y se disparó contra la mujer. *¿Quieres qué Eva crezca entre florecitas y creyendo pendejadas igual que tú?* preguntó echando espumas por la boca, agarró las vasijas y las estrelló contra la pared. Flores y vasijas terminaron añicos sobre el piso y Ami un ovillo en un rincón de la sala. En otra oportunidad, al enterarse que un grupo de personas había salido con vida de un derrumbe, Ami, con un suspiro de alivio exclamó: *¡Gracias a Dios!* Por decir palabras extrañas y no agradecer al Todopoderoso, el General la abofeteó con tanta fuerza que la pobre perdió el equilibrio y se rompió la cabeza al estrellarse contra la pared. Luego no se dolió ni se ablandó al ver la sangre rodando por su linda carita, más bien la agarró por los pelos y la sacudió por los brazos gritando: *Cientos de veces te he ordenado que no metas ideas estúpidas en la cabeza de Eva. Si continúas con tus idioteces Eva nunca llegará a ser lo que espero de ella.* No entendía los motivos del General para que tratara a Ami de forma tan brutal, ni que era lo que él esperaba de mí. Yo sólo sabía que, en esos momentos, quería aplastarlo, triturarlo, hacerlo pedazos. Qué mi padre y la Generala no estuvieran de acuerdo con la mala influencia que recibía de parte de Ami no les daba derecho para humillarla y querer comérsela viva. Yo odiaba a los dos con todas mis fuerzas. Odiaba la actitud despótica y despiadada del General y estaba dispuesta a hacer lo que fuera con el único propósito de joderle la vida. Odiaba a la Generala por entrometida, mala sangre y tratar a Ami igual que si fuera un perro sarnoso.

—Tan pronto cumpla los doce años esta insolente comenzará con el entrenamiento militar para que aprenda a pensar con claridad, que sepa cómo defenderse y cómo atacar o terminará siendo una idiota más, una fracasada inservible como todo el mundo —sentenció el General con menosprecio, mirando a Ami como si en vez de ser su pareja fuera un animal inmundo.

—Ya lo decía, esta criatura está muy lenta y boba. ¿Por qué esperar a los doce? Eva ya está en edad de recibir el entrenamiento necesario, de aprender a impartir justicia y dejarse de tanto arrumaco y alcahuetería. ¡El amor debilita a los seres humanos! —terció la Generala en la discusión como siempre metiendo su hocico en todo cuando nadie había pedido su opinión.

—La niña recién está por cumplir los once años y no es lenta tampoco una boba. Déjenla disfrutar mientras pueda hacerlo, ya la vida se encargará de endurecerla y ustedes de envenenarla —Ami salió en mi defensa a riesgo de terminar con un ojo amoratado o un diente suelto. Puso énfasis al pronunciar las dos palabras: "endurecerla" "envenenarla". No comprendí porque esas dos simples palabras me descuadraron cuando yo no sentía miedo a nada ni nadie, ni siquiera al General.

Yo no temía al General, le tenía rabia que era muy diferente. Ami y la misma Generala que alardeaba de bravucona y dejar tieso a quien se le pusiera enfrente, si eran miedosas. Las ratas se habían multiplicado de manera incontrolable debido a la cantidad de desperdicios y residuos humanos que se acumulaban debajo de los edificios derrumbados. Las dos tenían horror a estos animales y cuando los bichos entraban a la casa armaban tremendo alboroto en vez de agarrarlas y meterlas en la olla como hacía el resto del mundo. Ami les tiraba lo que encontraba a mano asegurando que eran peligrosas, que podían mordernos mientras dormíamos. Era mucha la gente con las caras y los dedos rumiados por estas sabandijas. La Generala decía que en algún momento encontraría la forma de liquidarlas antes de que esos animales asquerosos nos infectaran con las mil plagas que traían encima. Sin ningún miedo, y a hurtadillas, yo me apoderaba de las jaulitas que la vieja usaba para atraparlas y las llevaba al pequeño cuarto donde se guardaban trampas, venenos, diferentes tipos de armas punzantes y toda clase de trastos. Mi intención era, como decía la Generala, encontrar una manera para acabar con ellas y para eso era necesario someter a los bichos a varias pruebas. En el cuarto tenía escondidas las jaulas con cinco o siete ratas destinadas para la "investigación experimental". No era sencillo tratar con esos animales listos y provistos de filudos dientes y uñas que fácilmente podían atacarme. Los asquerosos animalejos chillaban al verme mientras me colocaba la bata y los guantes porque la intuición les decía que no tenían escapatoria. Realmente era fascinante practicarles los diferentes métodos de tortura y eliminación. Muerte por asfixia lenta era el procedimiento más fácil. Éste consistía en agarrarlos con un par de tenazas cuidado de que los astutos bichos no fueran a morderme, meterlos en un frasco y cerrarlo herméticamente. Era igual de fácil sacarlos del frasco, atontados, medio muertos, y con el machete cortarles las patas de un solo tajo. Hincarlos con punzones servía para azuzarlos antes de aplicarles el debido tratamiento que podía ser el rociado de agua hirviente o un martillazo en la cabeza. Me hubiera gustado quemarlos vivos y verlos patalear chamuscados. Penosamente no podía hacerlo porque el fuego tenía el inconveniente de producir humo y ahí encerrada corría el riesgo de asfixiarme. A pesar de todas las precauciones posibles, un día Ami y la Generala me descubrieron en plena ceremonia de exterminación.

—¿Eva, qué travesuras estás haciendo? Sacrificar a esos animales de esa manera tan horrorosa es un acto de crueldad.

—Déjala. Eva está haciendo lo debido. ¿Por qué tienes que frenar su iniciativa? No te das cuenta que la niña está aprendiendo a controlar el miedo y practicando para poder ejercitar el terror cuando sea necesario. ¡No reprimas sus instintos naturales! —la Generala intervino y, sorpresivamente, estuvo de mi parte.

—¿Por qué haces cosas asquerosas?

—No tienes que interrogarla ni armar tanto escándalo por pequeñeces. Esta niña tiene que conocer el peligro, solo así aprenderá a ser cautelosa.

—Yo sólo estaba ayudando a terminar con las ratas. Tú misma dijiste que eran bichos peligrosos, no comprendo por qué ahora te enojas si de todas maneras iban a morir en las trampas que la abuela puso en la cocina —dije sin sentir remordimiento ni culpa. Ami estaba siendo injusta, en vez de regañarme debía felicitarme por eliminar a esos animalejos inmundos y así contribuir a la limpieza de la casa.

—Sácate esa bata y esos guantes ensangrentados y métete en la pileta mientras pongo en orden todo este desastre. No vuelves a entrar a esta bodega nunca más. ¡Por amor al Todopoderoso! Una rata pudo morderte, tú misma sacarte un ojo, provocar un incendio y quemarnos a todos vivos.

Ami puso fin a mi carrera científica, pero yo, con el respaldo de la Generala, encontré otros pasatiempos experimentales que también fueron divertidos. No sabía por qué razón desde ese día que se pusiera de mi lado, la vieja trató de congraciarse conmigo. A escondidas de Ami me regaló diversos artefactos, entre ellos una navaja, una macana y un disparador de perdigones con los que buitres y gallinazos, las aves que con mayor facilidad habían logrado reproducirse, y que también eran bichos asquerosos, terminaron patitiesos. No por eso dejé de ser respondona y repugnante con ella. Lo que más disfrutaba en la vida, más que la "investigación experimental" o cualquier otra cosa, era darle candela al par de generales.

Poquísimos, los muchachos que pertenecíamos a cierta minoría selecta, gozábamos el privilegio de la enseñanza. El resto, los soldados, los obreros, el pueblo, las masas, los marginales, era analfabeto. ¿Para qué personas que sólo servían para cumplir órdenes, reprimir y eliminar a desobedientes y revoltosos, sembrar papas o recoger basura necesitaban saber leer y escribir? No tenía sentido alguno gastar tiempo y esfuerzos en gente bruta que no tenía la capacidad para aprender. Hasta que fuera a esa cochina Academia con la que los generales me amenazaban día y noche, tomaba lecciones con un grupo seleccionado de muchachos como yo. Después de los ejercicios diarios, de correr y saltar obstáculos por un par de horas, de adquirir práctica en el uso de cuchillos y punzones destripando lagartijas, ratones y crías de ratas, el pequeño grupo de escogidos nos sentábamos alrededor de un mentor. Repetíamos las letras, formábamos palabras y oraciones, practicábamos con los números. Tenía curiosidad y ganas tremendas por saber, pero sentía que el proceso era lento y todo por culpa de los idiotas que tomaban las lecciones conmigo.

—No soporto a mis compañeros, los detesto, son una manada de imbéciles. Quisiera reventarles el cráneo y descubrir si dentro tienen sesos o basura —me quejé un día y Ami abrió los ojos enormes.

—Eva, ten paciencia, trata de ser comprensiva. Qué los otros muchachos no tengan tus habilidades y no aprendan al mismo ritmo que tú no quiere decir que sean imbéciles.

—Los tarados y los miserables no merecen un lugar en este mundo. ¿Por qué razón debemos soportarlos?

—Eva a veces me das miedo, te pareces tanto a tu padre —dijo Ami con tristeza y no supe por qué no me ofendí, más bien sentí algo lindo en el pecho porque sus palabras en vez de molestarme me sonaron como un halago. El General era altanero, dominante, déspota, hasta cabía decir que era engreído y repugnante, pero había algo en él o quizás eran todos esos rasgos desagradables de su personalidad los que lo hacían ver todopoderoso. Aquel entonces yo no sabía que cosa era Dios, pero el momento que lo supe me pareció correcto que le adjudicaran esos mismos atributos.

—¿Por qué el General se enojó tanto aquel día que dijiste: *Gracias a Dios*? ¿Quién es ese dios? —pregunté aprovechando un momento que la vieja entrometida y soplona no estaba presente.

—Que yo sepa no se refiere a nadie en especial, es solamente una expresión que usaban los viejos de mi aldea y que se dice por decir algo. Disculpa a tu padre, su trabajo es duro y por eso siempre está tenso —dijo con una sonrisa para mostrarme que no estaba resentida por la paliza que le dio el General por repetir estupideces.

—¿Cuál es ese trabajo duro de mi padre?

—Es Inspector de Operaciones en los centros principales del Estado. Dice la Generala que su hijo es quien controla que todos los grupos que forman la

Unión cumplan con las regulaciones —su respuesta me causó cierta desilusión porque me había hecho a la idea de que el General fuera de verdad un general, el encargado de la máxima seguridad de nuestra UNN. De todas maneras, militar o inspector, el General era un tipo despreciable que no se merecía a Ami.

—¿Por qué aceptaste unirte y vivir con el General? ¿Él te forzó a hacerlo?

—No es fácil hablar con los niños de estas cosas… de los sentimientos. Te prometo que cuando seas grande responderé a tus preguntas y te diré de muchas otras cosas que debes saber.

El sol apenas despuntaba en la mañana cuando salí de la bañera. Froté mi cuerpo con una toalla grande y envolví la larga y espesa mata de pelo en una más pequeña. Totalmente desnuda me detuve frente al espejo que ocupaba toda una pared y con orgullo observé mi cuerpo vigoroso y bien proporcionado. El entrenamiento físico recibido desde temprana edad lo había vuelto macizo y ágil, mis brazos y piernas eran armas acondicionadas para el combate cuerpo a cuerpo. Gracias no sólo a mi recia anatomía sino a mi ferocidad podía competir con contrincantes inclusive más grandes y pesados que yo. Por supuesto que no podía evitar salir con un ojo morado, el labio partido, o dolor en las costillas, pero siempre la victoria fue mía. Sin embargo, a pesar de mi agilidad y buen estado físico, una piltrafa, un asqueroso marginal "ratunoide" logró forzarme, violarme, sodomizarme y cortarme la cara en cuestión de minutos. Odiaba recordar el desgraciado incidente que me dejó la horrible cicatriz cruzándome desde la oreja derecha hasta la mitad de la cara. ¡Mierda! pretendía no verla, pero ahí estaba la maldita marca para mortificarme y hacerme tragar bilis.

Miré mi cara y acaricié la fea cicatriz palpando las gruesas costuras con la yema de los dedos mientras pensaba cómo Joaquín se atrevía a defender a esas porquerías, cómo podía siquiera imaginar dar derechos a esas ratas con forma humana. Estaba loco si creía que iba a permitir que las naciones de la justicia se convirtieran en las tierras de los iguales. Sin dejar de pensar en el perro traidor desayuné mis acostumbradas rebanadas de pan untadas con manteca, la porción de cuajada y el jugo de frutas mezclado con alcohol. Con el vaso de jugo en la mano me acerqué al monitor para comprobar en qué estado se encontraba el maldito. Joaquín no se había movido en toda la noche, la luz de los reflectores continuaba alumbrando su cara. *¡Mierda! ¡La muerte no puede arrebatarme a ese hijo de perra y librarlo de mi venganza!* Exclamé derrumbando, de una patada, la silla al piso. Fui a vestirme luego de cerciorarme de que el traidor seguía con vida. Su pecho subía y bajaba mostrando que aún respiraba. Vestí los pantalones y la casaca grises, chequeé que la pistola estuviera cargada y la guardé en el cinto. Debía estar lista para el día atareado que me esperaba. En pocas horas tendría que ordenar la ejecución de gente que nunca había visto y a quienes se les achacaban crímenes fabricados en las oficinas del gobierno, igualmente dispondría los diferentes métodos para torturar y dar muerte a verdaderos delincuentes. Esos pendejos que quisieron pasarse de listos y que se unieron a Joaquín creyendo que un movimiento revolucionario era posible. Pero no eran esos los reos que me interesaban. Mi prioridad era Joaquín y tan pronto cumpliera con mis responsabilidades diarias iría a su celda para interrogarlo personalmente. Ahora que el maldito traidor conseguía articular palabras quería escuchar de su boca lo que tenía que confesar. De su participación en los envenenamientos de varios hombres del gobierno, de las artimañas de las que se había valido para burlar las cámaras de vigilancia, los nombres de aquellos que le suministraron las armas y la de los principales compinches. Lo que más me interesaba era conocer que realmente perseguía porque bien sabía que eliminarme no era una opción. Cómo mierda se le ocurrió pensar que podía enfrentarme conociendo que como Juez Supremo contaba con el respaldo de los miembros del gobierno y, más aún, con el ejército trabajando a mi favor y cumpliendo mis órdenes. Gracias a esta fuerte maquinaria, él más que nadie conocía que era poderosa, podía sentirme segura y en control. ¡Pobre iluso mierdoso! Se atrevió a desafiarme cuando no ignoraba que ni por un momento iba a bajar la guardia y dar oportunidad para que las masas olvidaran que no podían sobrevivir sin mi intervención y que sólo yo podía hacer posible su bienestar.

Sin lograr calmar la rabia que me consumía pensé en la estupidez de la gente, esos imbéciles que me odiaban por mantenerlos a salvo de su bestialidad. Por negarles la oportunidad a degollarse libremente cuando en el Anfiteatro podían disfrutar su pasión por la sangre de manera controlada. No habían superado la época en que fueron caníbales y si no fuera por mí andarían sueltos por las calles engulléndose los unos a los otros. ¿Era ése el derecho por el que se exponían a matar y morir? ¿Era ésa la felicidad que tanto ansiaban? *Éste podría ser un mundo maravilloso si se respetara la vida de las personas y se trabajara por el bien común. Estas matanzas son actos abominables, vergonzosos y cobardes. Se elimina a la gente por odio, por venganza, por placer, y todo por el grave delito de ser pobres y tener hambre,* Joaquín había comentado una tarde que asistimos juntos al coliseo. En vano intenté, una vez más, hacerlo entender que se exponía a sufrir un castigo si continuaba opinando y defendiendo a los "ratunoides". *Estos no son personas, son salvajes sedientos de sangre. Nada bueno puede hacerse por ellos, sólo evitar que se multipliquen. No te das cuenta de que el incremento de gente inútil trae como resultado más hambre, más pobreza.* Sin entender a cabalidad cuáles eran los verdaderos móviles que llevaban a Joaquín a creer que el mundo sería maravilloso con millones de gente miserable libre para arrasar y acabar con el planeta como habían hecho en el pasado, masculé insultos y amenazas en su contra: *Malagradecido, perro malparido, sarnoso infeliz, voy a ordenar que te corten los huevos y te los den de comer, que te metan en aceite hirviente.*

Ya las sombras de la noche envolvían la ciudad cuando bajé al sótano y lista para enfrentar a Joaquín acaricié la pistola que llevaba en el cinto. Uno de los oficiales de turno abrió el cuarto de tortura, pedí que esperara fuera de la puerta y me acerqué a checar el cuerpo inmóvil.

—Joaquín —lo llamé removiendo la manta que cubría su cuerpo desnudo. Joaquín gimió de dolor a causa de la inflamación que le había producido la paliza del día anterior, su cuerpo parecía una horrible masa deforme. Siguiendo mis órdenes le habían vendado la cabeza y las piernas rotas. Apagué las luces de los reflectores, aun así, no pudo abrir los ojos hinchados—. Llamaré a mis hombres para que te metan en la pileta porque apestas a mierda. Pondrán sal en el agua para que esas heridas sanen pronto, tienes que sentirte mejor para la próxima dosis de palazos y quebraduras de huesos —le dije en medio de carcajadas—. No te inquietes, te aseguro que nadie va a matarte. Te quiero vivo hasta que me digas por qué razón te expusiste y me desafiaste a pesar de saber que es absurdo atacar a la autoridad. ¡Pendejo! Cuando uno no tiene la certeza de que va a ganar mejor se aguanta ¿O pensabas qué era fácil? Sabías que lo sé todo y en cualquier momento iba a descubrirte. Quiero que me expliques los motivos para querer levantarte en mi contra cuando tú mejor que nadie sabe que mi prioridad es el bienestar de mi gente. Si la ignorancia se mantiene a todo nivel es para beneficio de todos. Saber demanda responsabilidad, resolver problemas, implica el riesgo de involucrarse en conflictos. ¡Respóndeme! ¿Para qué necesitan complicarse la vida? Para eso estoy yo, para pensar y decidir por toda mi gente.

—¡Asesina! —exclamó casi sin voz aún sin abrir los ojos.

—Debes reconocer que esos "ratunoides" son nada, sirven para nada y son demasiados. No entiendo por qué motivos te metiste a defensor de incapacitados e inútiles. ¿De dónde mierda sacaste esa estupidez y proclamar "todos somos iguales, todos merecemos los mismos derechos y exigimos una mejor calidad de vida?" ¿Es qué, acaso te creíste el Cristo o qué carajos para prometer bienaventuranza a pobres diablos miserables? Tú sabes que como sociedad jamás lograremos avanzar si tenemos que arrastrar esa lacra que se multiplica como las ratas y que consume parte de lo poco que dan los cultivos —dije con ganas de volarle los sesos y acabar con él de una puta vez.

—¡Asesina! —repitió con una voz que parecía salida de una cueva.

—Pensaba ordenar que te arrancaran los ojos de cuajo, pero pensándolo bien no es conveniente. Tampoco son provechosas las luces de los reflectores apuntando tu cara porque te enceguecen y cuando hablemos quiero que me veas y me mires a los ojos. Agradece a que no tuviste hijos porque te lo aseguro que me hubiera dado mucho gusto acabar con ellos. Ahora te dejo porque veo que aún no estás en condiciones para hablar, pero regresaré cuando te sientas mejor. Por hoy disfruta tu baño de sales y ojalá que las sombras te ayuden a razonar.

—¡Asesina! —adiviné que exclamaba. Al salir ordené que cada día le dieran la ración mínima de pan y agua. Su castigo sería vivir encerrado en esa celda para el resto de su maldita vida. ¡Qué las ratas se dieran gusto cagando y rumiando su mugroso cuerpo!

Una vez en mis habitaciones me deshice de las botas, del uniforme y desnuda caminé por el piso, agitada, igual que una fiera enjaulada. No podía explicarme por qué razón sentía este malestar cada que enfrentaba a Joaquín u ordenaba que le hicieran daño. ¿Por qué este desasosiego si se merecía los insultos, las humillaciones, las quebraduras de patas? *Eva te amo, te admiro. Eres la persona más capaz, valiente y fuerte que conozco. Soy afortunado de contar con tu amistad. Sabes algo, sueño que un día juntos, tú y yo, pongamos fin al miedo, a la servidumbre, a las injusticias que envenenan nuestro mundo. La gente tiene derecho al pan, al conocimiento. La gente merece respeto, merece ser feliz.* Sus palabras repitiéndose en mi cabeza una y otra y otra vez estaban a punto de enloquecerme. ¿Miedo, injusticias? No existían tales males, cada cual recibía lo que merecía y si tenían hambre les tocaba comer lo que lográbamos proveer. ¿Felicidad? ¿Es que acaso no eran felices al saberse protegidos y salvos de la responsabilidad que demandaba conocer? En busca de alivio destapé una botella del brebaje apaciguador y con ella en la mano fui hasta la ventana. Observando las calles desiertas a esas horas de la noche recordé la calzada del barrio donde crecí y vi morir a Ami.

Parada detrás de la ventana vi a Ami atravesar el parterre, abrir el macizo portón de entrada al reconstruido edificio de cinco pisos donde vivíamos y salir a la calle. Minutos antes, cosa extraña, la Generala le había dado permiso para salir.

—Eva asómate para que veas llegar una sorpresa, es algo que no te imaginas —dijo Ami sonriendo al dejar el apartamento.

—¡Asómate! —ordenó la Generala y yo quedé sin saber si alegrarme o no. Tres días atrás había cumplido once años y posiblemente la sorpresa que me esperaba tenía que ver con el General. Más que seguro había hecho un alto a sus ocupaciones y traía un regalo para mí. Uno de esos manuales sobre estrategias militares y uso de armamento de ataque o uno de esos rompecabezas de la maldita madre que estaba obligada a resolver para complacerlo.

Fuera del portón Ami giró la cabeza y miró a la ventana del segundo piso para cerciorarse de que la estaba mirando. Me quedé parada tras las rejas de la ventana esperando que llegara la sorpresa. La calle estaba solitaria a esa hora de la tarde, en nuestro barrio la calle estaba solitaria a todas horas. Los vecinos trabajaban para las diferentes oficinas del Estado y completamente dedicados a sus labores no tenían tiempo para perderlo en otras actividades. Mientras esperaba ver llegar la sorpresa descubrí que en la esquina del frente estaba estacionado un carro negro, viejo y destartalado. A pesar de los vidrios oscuros aún podía verse que dos personas estaban dentro, posiblemente esperando por alguien. Me pregunté qué hacía detenido en esta calle y por qué llevaba los vidrios teñidos cuando se desconfiaba de toda acción que levantara sospechas. Por seguridad, para controlar y vigilar cualquier movimiento dudoso había cámaras de vigilancia instaladas en diferentes calles y en todo lugar público como parques, estaciones militares, baños comunales, depósitos de reparto de víveres y de ropa. Por alguna razón había una precisamente en la esquina de nuestra calle.

Ami miró en ambas direcciones en espera de la persona que traía la sorpresa. Impaciente cruzó la calle y caminó hasta la esquina. Fue en ese momento cuando un hombre salió por la puerta del acompañante del carro estacionado. El individuo llevaba las manos enfundadas en un par de guantes negros y una gorra que le tapaba la cabeza y las orejas. El tipo tenía fachas de ser un harapiento, un zaparrastroso despreciable. Cuando el hombre se le acercó por detrás me asusté y grité alarmada: *¡Ami!* Con una mano el delincuente le tapó la boca y con la otra le enterró un punzón en el costado. *¡Ami!* grité por segunda vez. Todo pasó tan rápido, tan rápido, sentí que el mundo giraba frente a mis ojos y explotaba en mil pedazos. Ami cayó al piso sosteniendo la parte herida, tratando de detener la vida que se le chorreaba junto con la sangre. El hombre se lanzó sobre ella gesticulando, quizás mascullando insultos. Llevada por el instinto de conservación Ami le arañó la cara varias veces. De nada le sirvieron los aruñazos con los que intentó defenderse de ese monstruo que apuñaló su vientre una y otra vez. Con los puños apretados vi como Ami, ya sin fuerzas, se abandonaba sobre el pavimento. Sus enormes ojos color del cielo en las madrugadas lentamente se cerraron al sol naranja y violeta que moría con ella en la tarde. Antes de levantarse, y no satisfecho, el mugroso tipejo le abrió un tajo en el cuello, limpió el puñal en el asqueroso pantalón y sin importarle que el ensangrentado cuerpo ya no podía defenderse le entró a patadas. Tranquilamente, sin mostrar un ápice de remordimiento o lástima, montó en el vehículo y el tipo que iba al volante puso el carro en movimiento y se echó a la fuga. Poco después de escuchar mis gritos la Generala llegó a mi lado y al ver lo sucedido se llevó las manos a la cabeza sin que sonido alguno saliera de su boca. Ami quedó tirada en la calle bañada en su propia sangre, parecía una linda figura hecha añicos sobre la acera.

Tuve la sensación de que algo se me desprendía del pecho dejándome quieta y muda, como si yo también estuviera muerta. Tras el enrejado de la ventana vi a un vecino que curioso se acercó a Ami y dio la alarma. Vi llegar un carro militar y un par de personas. El General llegó en su carro minutos después cuando ya no había nada que hacer. Me entregó el regalo que debía ser la sorpresa: un cachorro de esos que llamaban pastores alemanes, que luego, un miembro del ejército, y para mi protección, se encargó de entrenar para matar. *El dolor desaparece con el tiempo. Aprende a enfrentar la muerte con valor*, dijo el General sin inmutarse y yo seguí ahí sin lamentarme ni derramar una sola lágrima. No tenía sentido llorar, en cuestión de minutos la vida se encargó de endurecerme de un solo porrazo. Todo el dolor del mundo quedó atrapado en la tarde dejándome vacía, seca, con el corazón convertido en un trozo de plomo. Jamás olvidaría la brutalidad con que Ami fue asesinada, tampoco la asquerosa figura de esa bestia que le arrebató la vida. En ese momento me prometí que de alguna manera lo haría pagar. Mi venganza quedó sellada.

Nunca se encontró al asesino de Ami a pesar de todas las gestiones que hizo el General. La cámara de vigilancia que estaba instalada precisamente en esa esquina donde la mataron había sufrido un desperfecto y no registró los hechos. Los sofisticadísimos equipos con que los militares encargados de la investigación aseguraban disponer no sirvieron para una mierda y sin encontrar al culpable se degolló a cualquiera sólo por decir que se hizo justicia.

A la muerte de Ami mis cuidados quedaron en manos de la Generala. Ya sola, sin nadie que me protegiera, esperé a que la asquerosa vieja se cobrara todas las que decía tenerme guardadas. Pero no, más bien me daba cuerda, me animaba a que la insultara, a que la desafiara y la gritara. *Vas a ver, un día de éstos eres cadáver. ¡Muérete ya vieja de mierda!* La Generala era una maldita sádica, gozaba escuchando todas las posibles maneras de cómo podría mandarla de patitas al otro mundo.

—Te doy la opción entre morir lentamente o de un solo porrazo. ¿Qué clase de muerte prefieres? ¿Veneno, una puñalada, un disparo, o que el perro te haga picadillo?

—No importa. Puede ser de la manera que tú escojas, menos morir como Ami, en manos de un nadie, un marginal —me contestó un día consciente del dolor que me causaba.

—¡Te odio vieja desgraciada, eres una maldita! —salté furiosa. Sin poder controlar la rabia la agarré por los pelos y me preparé para retorcerle el pescuezo. La Generala sabía cómo atacarme y lo decía para provocar mi ira.

—Ami no está aquí porque un miserable marginal te la quitó, uno de esos despreciables apestados la descuartizó. Te lo digo para que lo tengas presente, si yo fuera tú no me quedaba tranquila hasta hacerlos pagar —dijo defendiéndose de mis arañazos, mordidas y tirones de pelo. —Debes encontrar la forma para que el Estado castigue a los indigentes desclasados como lo hace con enemigos, detractores, revoltosos y toda clase de delincuentes. Vas a venir conmigo y presenciar cómo se hace justicia.

Una vez al mes se realizaban ejecuciones públicas en un enorme coliseo. La vieja era de las personas que pocas veces perdía la oportunidad de disfrutar del espectáculo. Ami se negaba a asistir y que yo acompañara a la Generala para evitarme el horror de presenciar lo que ella llamaba "la carnicería". A los once años, por primera vez, acudí a una de las afamadas funciones en el Anfiteatro. La Generala no exageraba cuando dijo que la gala presentada era no sólo magistral, sino que servía de advertencia a aquellos que tuvieran malas intenciones, que intentaran rebelarse contra el Estado o que se les fuera la lengua y hablaran más de la cuenta. La función abrió con actos cómicos donde payasos degollaban, troceaban o colgaban a pequeños animales, hacían malabares con huesos y calaveras y otras travesuras. Luego aparecieron una docena de reos encadenados de pies y manos a los que se les daba una ración de palazos o se les mochaba cierta parte del cuerpo dependiendo de la índole del crimen. La sangre salpicaba a los que ocupaban los asientos del frente cuando dedos, manos, lenguas, orejas y ojos volaban por el aire. Un corrientazo bajó por mi cuerpo, desde la cabeza a los pies, cuando una gota cayó en mi cara y recordé el mal sueño con la mujer saliendo del espejo toda ensangrentada. Por un momento creí ver la sangre chorreando de mis manos y cerré los ojos. Con los ojos apretados escuché a la gente que, fascinada con el horror, como enloquecida, aplaudía, gritaba, pataleaba, vociferaba insultos y maldiciones. *¡Córtale la lengua a ese mentiroso! ¡Vuélale las pelotas a ese malnacido! ¡Móchale la cabeza de una vez!* Volví a abrirlos cuando la Generala me remeció por un hombro para decir: *Ese es el grupo de los asesinos, les tocó el turno.* Cinco gigantones vestidos únicamente con un taparrabos y una capucha negra cubriéndole las cabezas subieron a la tarima llevando a cinco reos desnudos y los ojos vendados. *¡Muerte! ¡Muerte! ¡No esperes más y mátalo ya! ¡Vuélale la cabeza de una vez!* La gente, a mi lado, gritaba enloquecida. El primer verdugo hizo que el primer condenado se pusiera de rodillas y colocara su cabeza sobre una base de madera. *¡Muerte! ¡Muerte!* grité alucinada uniendo las manos en un intento por agarrar del cuello al miserable que en ese momento preparaban para el sacrificio. Realmente era imposible mantenerse indiferente viendo como el hacha presionaba filuda la nuca del hombre escogido para el acto. ¡Crack! sonaron los huesos del cuello y la cabeza rodó por el piso.

El espectáculo estaba planeado para provocar el fervor ciudadano en los presentes porque en ese preciso instante en la enorme pantalla colocada en lo alto del entablado lentamente apareció la figura del Todopoderoso, el Salvador del Mundo. Como estaba establecido, por un momento, todos los presentes inclinamos la cabeza y guardamos silencio. Tan pronto pude hacerlo levanté la mirada con curiosidad, era la primera vez que lo veía en vivo. La imagen se mostraba velada porque se consideraba que nadie poseía las cualidades necesarias para merecer ver su rostro tal cual sin quedar ciego. El pelo levemente ensortijado y partido por la mitad enmarcaban los rasgos hermafroditas del Salvador del mundo. Una sonrisa indefinida y misteriosa se dibujó en los labios delgados mientras sus ojos recorrían la sala llena con el público que enmudecido y rendido lo adoraba y temía a la vez. El Todopoderoso alzó los brazos antes de iniciar su participación. *Pon atención a lo que dice, tienes que aprender a repetir lo mismo cuando llegue el momento oportuno. Él sabe que palabras usar para conmover a las masas,* en un susurro aconsejó la Generala cerca de mi oreja y yo la miré sin comprender. No le respondí porque en ese momento habló el Todopoderoso: *Yo soy tu protector. Nadie es feliz ni tiene justicia sino es por mí.* Su voz, a pesar de estar alterada por los equipos de sonido, se escuchaba pausada, firme y vibrante. *Nuestra nación es poderosa porque la levantamos juntos. Respeto, obediencia, cumplimiento del deber, orden y fidelidad la hacen grande y bajo mi protección seguiremos hacia adelante mostrándole al mundo entero que somos la Unión de Nuevas Naciones más fuerte y poderosa de la tierra. Todo aquel que se oponga o no acate nuestro compromiso merece el castigo y la muerte.* Era la primera vez que escuchaba hablar a nuestro Salvador y sus palabras resonando con fuerza a través de los parlantes lograron conmoverme, tanto, que mentalmente me comprometí a cumplir con lo convenido. Él estaba en lo cierto: el castigo y la muerte eran las únicas medidas posibles para controlar a las bestias y hacer justicia. Contagiada con el entusiasmo de los presentes alcé los brazos para corear con emoción, y esta vez con verdadera devoción, el juramento que el General me hacía repetir y repetir hasta que se grabara en mi memoria: *Juro lealtad a tí Todopoderoso, Salvador del Mundo. Gracias por tu bondad y sabiduría, por darme la salud y la alegría. Gracias por suplir todas mis necesidades, por el pan, el techo, la ropa y el trabajo. Gracias por estar a mi lado cada momento de mi vida. Gracias por el orden y la seguridad, por protegerme y defenderme del enemigo. Tu voluntad es la ley y yo tu humilde servidor prometo obedecerte y serte fiel por siempre. Gloria, honor y poder a ti por los siglos de los siglos.* Dando tiempo a que el fervor y el delirio del público se disiparan, lentamente la imagen del Todopoderoso fue borrándose de las pantallas. Durante la segunda parte del programa se terminó de cercenar las cabezas del resto de asesinos. El público se desbordó en aplausos, rechiflados y blasfemias mientras yo, ya sosegada, me disponía a seguir contemplando las torturas en maravillado éxtasis.

—Ya sé lo que quiero ser cuando sea grande. Como tú dices voy a hacer cumplir la justicia y matar a todos esos miserables y malditos que andan por el mundo. Voy a ser un verdugo —dije convencida de mi decisión y a la Generala le brillaron los ojos, restregó las manos y me sonrió con deleite cuando escuchó mis palabras. Habíamos regresado del Anfiteatro y las emociones experimentadas aún estremecían mi cuerpo.

—Tú vas a ser más que eso, tú serás la encargada de dar las órdenes porque naciste para eso. Ya llegará el momento de demostrar que eres el poder y acabes con todas esas ratas que masacraron a Ami.

Yo no contesté porque a pesar de saber que, no pertenecía al montón desconocía que era la heredera del poder. La Generala había descubierto mi capacidad para ejercer el papel al que estaba destinada y no sólo disfrutaba atestiguar el despertar de las características que biológicamente me predisponían al mando, sino que las alimentaba.

Durante el año que faltaba hasta entrar a la Academia aprendí cosas increíbles y supe de hechos que jamás pude haber imaginado, todo gracias a la Generala. Ella no entendía de delicadezas, era igual de repugnante y aborrecible que su hijo. Como él, la Generala creía que las demostraciones de afecto eran actos enfermizos propios de los fracasados, de la gente débil y sin carácter. Pero eso no era un problema para mí y hasta lo prefería porque no hubiera soportado su contacto, sus caricias. Lo importante eran sus conocimientos. La vieja sabía un montón de cosas interesantes, sorprendentes, inverosímiles, que como ella aseguraba muy poquísima gente conocía y que en el futuro me servirían como armas cuando fuera necesario.

—No te atrevas a buscar refugio en otras personas, tú no necesitas apoyarte en nadie, los bastones déjalos para los impedidos y los tarados. Tú tienes que ser fuerte, eres superior y como tal estás obligada a aplastar al resto. Como decía Darwin: *en esta inevitable lucha por la vida sólo los mejor dotados sobreviven*. Recuerda, y nunca lo olvides, tú no sólo perteneces al grupo dominante, sino que eres única. Estás por encima de todo y de todos, eres la dueña del mundo.

—¿Por qué siempre estás repitiendo lo mismo? Si lo dices para congraciarte conmigo y no siga planeando en como eliminarte ni lo sueñes. ¿Dime y quién es ese Darwin que siempre mencionas?

—Estás en edad de conocer ciertos secretos, la verdad histórica, el por qué nuestro mundo luce como si hubiera sido golpeado por una inmensa piedra.

—¿Qué quieres decir con que el mundo parece golpeado por una piedra? —pregunté sorprendida.

—Tú solo conoces estas calles, las calles vecinas y los alrededores. ¿Sabes que hay más allá? Destrucción, hambre, enfermedades, basura y en medio de la inmundicia ratas humanas que no podemos ni tenemos que seguir alimentando. De ese asqueroso basurero salió el mugroso que mató a Ami y tú tienes el deber y la obligación de eliminarlos.

—Lo sé, no tienes que volver a decirlo. Odio a esos salvajes, y ese odio lo llevo aquí clavado en el pecho.

—¿Ahora entiendes por qué debes prepararte, conocer, ser fuerte e implacable? Porque sólo así podrás conseguir el poder para utilizar, aplastar y sacar del camino a esa maldita lacra. Lo primero que debes saber es que no todos somos iguales. Unos somos los que construimos, los que proveemos y otros los que consumen, los que exigen y sacan provecho sin contribuir con absolutamente nada al avance social. Esa escoria no merece la vida, no sirve ni para recoger mierda. Los miserables son una enfermedad, nos detienen e impiden crecer como especie. Lo mejor que podemos hacer para salvarnos del desastre total es aniquilarlos de cuajo, de una vez por todas. Darwin, un hombre objetivo y claro de pensamiento, teorizaba que los más fuertes acabaríamos con las razas salvajes. Y así tiene que ser. Pero óyeme bien, lo que te diga nada más lo sabremos nosotras, no podemos darle información a los demás, información que pueden utilizar en nuestra contra —dijo la vieja presionándome para que prometiera discreción.

—Juro en nombre del Todopoderoso guardar sólo para mí todo lo que compartas conmigo —dije poniendo la mano derecha sobre el pecho, curiosa por saber lo que tenía que decirme. Entonces supe que no todas las personas éramos iguales. Como sucedía desde el comienzo de los tiempos pocos éramos los escogidos por la misma naturaleza, los superiores, los poderosos y los demás como soldados, obreros, comerciantes y campesinos eran poca cosa. Supe que también existía otro grupo, un grupo repugnante y sucio que ni siquiera merecía ser llamado gente. Esos eran los apestados, los marginales, los "ratunoides", los nadie.

—Y ese patrón se mantendrá inalterable a través de los siglos. A pesar de cuantas reformas o revoluciones pudieron llevarse a cabo los inferiores siempre serán dominados porque carecen de intelecto y deseos de superación. A lo largo de la historia se ha luchado por establecer un cambio social. Sin embargo, jamás se ha logrado romper ese modelo. Siempre existirán los poderosos y los miserables porque esa es la ley natural de las cosas. Y nosotros, los dominantes, debemos asegurarnos de que así sea —aseguró la vieja totalmente convencida de sus palabras.

—¿Podría pasar que en nuestro mundo el modelo se rompiera? ¿Sería posible que en algún momento se impusiera la igualdad?

—Nunca, eso jamás sucederá. Nadie posee el conocimiento, la imaginación y la astucia necesarios para planear una manifestación, menos aún para derrumbar al Estado. En nuestro tiempo la lucha de rangos ha terminado porque finalmente los poderosos utilizamos los mecanismos justos y necesarios para mantenernos en el poder para siempre. La vida nos dio la oportunidad de volver a empezar. Después del Caos pudimos arrinconar a los apestados gracias a la experiencia y malicia acumuladas por siglos. Y ahí se quedarán para siempre. En cuanto a establecer la igualdad, eso es un sueño imposible. La igualdad es un absurdo porque así lo dictan las leyes de la naturaleza. Y es que no importa lo mucho o poco que se ofrezca a los indigentes ellos siempre serán la nada y nadie, unos pobres miserables cuyas únicas funciones son multiplicarse como ratas y destruir nuestro mundo.

El énfasis que la Generala ponía a sus palabras consiguió capturar mi atención y seguí escuchándola con curiosidad e interés. La vieja me abría las puertas a otro mundo, un mundo que era éste y que yo desconocía por completo. Así supe de la existencia de civilizaciones avanzadas y superpotencias antiguas, lo cual echaba por tierra la creencia ridícula de que nuestra sociedad era la primera y más próspera que había existido a través del tiempo, que eran los salvajes marginales los causantes del derrumbe de edificios y de toda la basura que se encontraba en las aguas. Según dijo la vieja, después del Caos producto de una Gran Guerra fue que el mundo se dividió en grandes bloques. De esas agrupaciones la nuestra, a pesar de la cantidad de parásitos humanos que nos infestaba, era la que mejor se había desarrollado gracias a las fuertes medidas de control y seguridad establecidas en sus leyes. Los otros grupos no habían, mayormente, superado su estado natural de salvajismo, y esa bestialidad primitiva los convertía en un grave peligro para nuestra seguridad grupal. La Generala mencionó a grandes imperios y estados imperialistas como el Romano, el Persa, el Japonés, el Otomano, el Alemán, el Americano, pero escogió a dos en especial con la finalidad de examinar los varios motivos que provocaron su decadencia, caída y final destrucción.

—Roma fue un imperio fabuloso. Hoy sus territorios forman parte de la Unión de Nuevas Naciones de Oriente. Por cinco siglos dominó sobre diversidad de pueblos en enormes extensiones de tierra y estuvo a cargo de incontables fuentes de riqueza. Sin embargo, a pesar de su grandeza se derrumbó, perdió autoridad y prestigio por motivos diversos que no supo evadir. Llegó un momento en que el descontento general a causa de la incapacidad y corrupción de los emperadores y el divisionismo provocaron principalmente la ausencia de fe en el poder. Qué un mandatario deje de creer en sus habilidades para dominar es caótico, contraproducente. Fue así como Roma no sólo perdió el control sobre sus provincias, sino que sufrió la grave reducción de la riqueza imperial y el fatal debilitamiento militar que permitió la invasión de ejércitos bárbaros. Además, para colmo de males, existió otro motivo de fuerza mayor. Factor que a toda costa debemos evitar en el presente, como fue el permitir la existencia y práctica de doctrinas nocivas, perversas, que predicaban la caridad, la compasión por los fracasados y que estaban en contra de la sobrevivencia de los más fuertes.

—¿Y cuándo sucedió eso?

—Los seres humanos tenemos una larga historia que empezó miles de años, siglos antes del Caos. La

Gran Guerra es un evento reciente que se originó, en gran parte, como consecuencia de la política fallida, la permisividad y las decisiones desacertadas de otro de esos grupos que alcanzaron un poder incalculable. Este imperio fabricó maquinarias fabulosas que les permitió manipular, amenazar y dominar a las otras naciones. Algunas de ellas hemos podido mantener y otras, la mayoría, se perdieron con el tiempo. El éxito tecnológico, el dominio armamentista y forma de gobierno los colocó en una posición de ventaja sobre los demás. Estamos hablando de los Estados Americanos. Se creyó que sería la única y también la última superpotencia hasta que su supremacía se vio gravemente afectada a causa del proceso de globalización tanto de la economía como de las leyes y la cultura. La información llegó a estar en manos de todos, de cualquier perro sarnoso, fue haciéndose más común y menos limitada por las fronteras de la nación logrando la pérdida del control centralizado y la imposibilidad de mantener el equilibrio económico, social y territorial. Otros factores que lo llevaron a la caída fueron, además de la pérdida del concepto del poder en manos de una sola persona, el consentir que estados foráneos se enriquecieran a su costa, el pesimismo debido a las amenazas extranjeras, leyes débiles que permitieron la intrusión de grupos inferiores. Culturas que conservaron su manera de ser, sus costumbres y que sin poder adaptarse al nuevo sistema causaron la destrucción de la hegemonía nacional. Con el consentimiento y legalización del consumo de narcóticos estuvo en sus manos el poder para adormecer y dominar a las masas y no supieron aprovecharlos, todo a causa de ridículas consideraciones humanas. Ese respeto a los derechos de la gente fue una gran equivocación, con ello lo único que consiguieron fue la proliferación de inútiles y desechos humanos. Podemos añadir un par de factores más que contribuyeron a su decadencia como fueron la adicción al entretenimiento y la profusión de gente falta de talento. Y no digo que la gente fuera ignorante como es la nuestra sino gente imbécil, estúpida, gente verdaderamente bruta.

—Nuestra Unión de Nuevas Naciones podría terminar como esos pueblos poderosos.

—Eso es imposible porque en nosotros está la voluntad de permanecer, de acumular fuerzas destruyendo todo aquello que no sirve. Cuando este instinto deja de existir es cuando se da la decadencia. Nuestro líder, el Salvador del Mundo, posee todo el poder y la autoridad, es el Estado y nunca se equivoca. Además, cuenta con el ejército para mantener el orden y el control necesario que refuerza la seguridad y el bienestar de los ciudadanos. Si se sospecha de alguno que dude de estas verdades o falte a su juramento de lealtad es justiciado severamente como lo viste en el Anfiteatro.

Esta respuesta me recordó que alguna vez Ami dijo que había personas vistas como desecho y tratadas como bestias, que no contaban con la protección del Estado y que más bien eran atacadas duramente por el ejército. Ella conocía de vecindarios completos que fueron perseguidos y restringidos por las armas.

—Ami estaba confundida. El bienestar es para los ciudadanos y esa gente de la que ella hablaba eran los marginales, los nadie que valen lo mismo que la basura. Tú no te atrevas a compadecerlos porque eso es lo que buscan: hacerte caer en la trampa, que les tengas pena y los ayudes para seguir multiplicándose y consumiendo reservas que no merecen. Ya te dije que debemos evitar doctrinas perversas y decadentes que intenten imponer con la lástima el poder de los débiles sobre los fuertes y convertir en una cualidad la flojera y la falta de empuje de los mediocres. No podemos permitir que resurjan enseñanzas como aquella que se inventaron en el pasado sobre un campeón, un héroe de los barrios sucios, redentor de débiles, enfermos y derrotados.

—¿Era ése el dios al que Ami agradeció y que provocó la ira del General?

—Poco a poco te daré a conocer cosas que debes saber. Te prometo que otro día hablaremos de Ami y más sobre ideas decadentes —dijo la Generala poniendo fin a una charla que no sólo me puso a pensar, sino que me produjo inquietud y desconcierto. Muchas veces dudaba de que existieran otros bloques, los grupos enemigos que mencionaba el General. Dudaba que el mundo tuviera otro lado y resultaba que en el pasado habían inventado máquinas que hicieron posible que éste y el otro lado, el planeta entero, se mantuviera en contacto. También habían inventado otras máquinas que utilizaron para amedrentar y dominar, y artefactos destructores que causaron el Caos. Definitivamente el humano era un animal ingenioso y capacitado para construir aparatos con la intención de imponerse a los demás, aunque tuviera que llegar a las últimas consecuencias. Los otros animales también construían, hacían nidos, huecos, buscaban madrigueras para, no por inteligencia sino por instinto, proteger las crías y continuar con la especie. Los otros animales eran inofensivos y si mataban era para comer. No el hombre. El humano, ser inteligente, fabricaba artefactos para castigar, intimidar y someter. Yo, para el bien de esta sociedad, pertenecía a este grupo de animales pensantes.

Al cumplir los doce años, como estaba decidido, entré a la Academia para comenzar con el entrenamiento tanto físico como mental al que estábamos obligados los jóvenes pertenecientes al grupo dominante. Los soldados, los miles del montón que serían entrenados para cumplir órdenes, recibían el adiestramiento en varias otras instalaciones llamadas campamentos.

De acuerdo con las habilidades demostradas y criterio de los entrenadores ciertos estudiantes serían seleccionados para trabajar en el mantenimiento y perfeccionamiento del equipo bélico. Otro grupo sería escogido para ocupar puestos en las oficinas del Estado y los demás servirían de representantes en los diferentes sectores a todo lo largo de la UNN o como entrenadores de tropas. La Generala decía que nuestra familia pertenecía a la élite, por lo tanto, por derecho, yo merecía una de las mejores posiciones dentro del gobierno.

—Seguramente yo llegaré a ocupar el puesto de Inspector de Operaciones, el mismo cargo que ahora desempeña mi padre. ¡Gran futuro el que me espera! —dije haciendo gestos de asco.

—Así será Eva. Por derecho y la voluntad del Todopoderoso tú serás la escogida para ejercer la posición más alta —dijo la vieja y pensé que lo decía para burlarse de mí. Sin embargo, no había mofa en su voz sino complacencia y respeto—. Tuyo será el poder y cuando llegue ese momento agarra al mundo por el pescuezo y enderézalo, límpialo de toda la porquería que nos asfixia, no permitas que esos mugrosos que no sirven para nada se multipliquen. Muéstrales a todos quien es la que decide por sus vidas. No tengas compasión.

En la Academia conocí al oficial Durand, el maestro que nos enseñaría como hablar y escribir reportes con propiedad. También conocí a Joaquín y a Antón que al igual que yo empezaban su ciclo de entrenamiento mental y físico.

Los tres muchachos nos hicimos muy buenos amigos a pesar de tener personalidades completamente distintas y diferir en preferencias, gustos e ideas. Joaquín y Antón no sólo eran diferentes sino opuestos. Joaquín se distinguía por ser introvertido, desconfiado y terco, en cambio Antón era abierto, impulsivo y fanfarrón.

Leer los pensamientos de los demás era un don que deseaba poseer, pero desde temprana edad aprendí que no era necesario hacerlo porque con astucia podía sonsacar no sólo la información que me interesaba conocer sino arrancar temores y anhelos que la gente, muchas veces, no se atrevía a confesárselos a sí misma. Conversando con mis dos amigos supe que Antón era fácil de manejar, el pobre era dueño de un cuerpo fuerte y sano y de una mente amaestrada que pensaba lo mismo que pensaban millones como él. Antón podía igualmente aceptar que el mundo era plano o una esfera siempre y cuando el Estado afirmara lo uno o lo otro. A pesar de mostrarse pujante y triunfador el pobre desgraciado realmente era un conformista, un cerdo al que se alimenta y mansito se deja llevar a matadero. El bruto gigantón aseguraba sentirse agradecido, aunque las piedras se le metieran por los huecos de las botas y tuviera que esperar a que su cuota se renovara para tener un par nuevo.

Nuestro desempeño como futuros oficiales dependía tanto de las habilidades comunicativas como del rendimiento en las pruebas físicas. Además del fuerte ejercicio diario, necesario para desarrollar un cuerpo atlético y sano, aprendíamos diferentes técnicas de supervivencia, de defensa personal, de lucha cuerpo a cuerpo, uso de toda clase de armas de ataque y métodos para manipular e infligir dolor a aquellos considerados traidores y enemigos del gobierno. Recibir el aplauso de los compañeros y las felicitaciones de los instructores eran motivo de satisfacción y una posible recomendación para obtener excelentes posiciones dentro de las oficinas del Estado.

Antón era uno de los estudiantes que tenía garantizado un puesto de oficial del ejército. El muchacho era igual de corpulento y fuerte como lo era de dedicado y hábil. A los quince años, que entonces teníamos, nos llevaba a todos por una cabeza de alto y muchas pulgadas de pectorales, bíceps y tríceps. En los entrenamientos de lucha cuerpo a cuerpo, no importaba quien fuera el contrincante, con él nadie salía bien parado. Eso de las estrategias y trucos del combate no resultaban con el gigantón, igualmente si en las pruebas se utilizaban navaja, macana o hacha él era el ganador. Además de mañoso, era de reflejos violentos y no le temía al peligro. Antón era campeón del tiro al blanco, del lanzamiento de granadas, el primero en escalar paredes, el número uno usando pistola, ametralladora o fusil. Antón podría ser considerado un fenómeno, el militar perfecto, pero un día me tocó el turno de demostrar las habilidades adquiridas en la lucha de defensa personal y entonces se supo que cuando se trataba de poner a temblar al mundo no había nadie como yo. Por primera vez lucharía no contra un compañero sino contra un extraño. Equivocadamente el instructor había seleccionado a un miserable "ratunoide" como mi contrincante. ¡El aire empezó a oler a sangre!

—¡Vamos, éntrale al combate no te dejes sorprender! —gritó el entrenador al ver que avanzaba con lentitud. Él no sabía que mis ojos habían identificado a una rata inmunda igual a la que le arrebató la vida a Ami. El apestado dio un par de pasos adelante y asestándome un derechazo a la nariz exclamó: *¡Perra, igual que la perra madre que te parió!* Sentí el insulto como si fuera la mordida de una culebra venenosa, la sangre me hirvió en las venas y entonces ya no pude contenerme. El odio que sentía por esos miserables se transformó en un derrame de adrenalina inundando todo mi cuerpo. Lo golpeé con todas las fuerzas, le metí un rodillazo en las costillas y de una patada en pleno huevos lo derribé al piso.

—¡Eva, Eva, así se pelea! —escuché los vítores de mis compañeros al descubrir mis destrezas, pero la lucha no había terminado para mí. De un brinco llegué a la mesa donde se exhibían las armas de defensa, agarré un hacha y no lo pensé dos veces.

—¡Ya está bien por hoy! Détente te digo ¿o es que no has aprendido a cumplir órdenes? —gritó el entrenador en vano porque yo sólo escuchaba mi propia voz diciéndome que era yo la que daba las órdenes, yo la que decidía sobre la vida o la muerte. Mis instructores habían hecho mal al seleccionar a una basura como mi rival ¡Qué sabían ellos del rencor que me pateaba en el pecho! De un solo golpe del hacha volé la cabeza a esa rata y no contenta partí el cráneo en dos. Manchada con la sangre del "ratunoide" levanté el hacha con ambas manos y grité exaltada.

Mi comportamiento podía parecer despiadado, pero así tenía que ser porque era lo justo, porque en esta inevitable lucha por la vida sólo los mejor dotados debíamos sobrevivir. Así tenía que ser si quería imponer el miedo y el respeto. Después de ese día supe que nunca más tendría compasión, hombre que me ponían delante hombre que terminaba descabezado. Esa práctica me hizo acreedora al título de "La máquina asesina", mote que me ganó la aprensión por parte de los compañeros. Nadie se atrevía a decirlo en mi presencia, pero podía leerlo en sus caras al dejarme el paso libre en cualquier sitio que entraba y más les valía que así fuera si no deseaban tener un encontronazo desgraciado conmigo.

Antón, impresionado por mi bien ganada fama, comenzó a adorarme. Me convenía su compañía y como había descubierto que su mente estaba drenada y acondicionada para cumplir órdenes, que inclusive su ferocidad era aprendida, se me hizo sencillo manejarlo a mi antojo y jugar con su cerebrito de cera derretida. Con el paso del tiempo mis ideas se convirtieron en sus ideas, mis convicciones en sus convicciones y hasta mis palabras fueron sus palabras. Convencido de la necesidad de obedecerme Antón se convirtió en un perro amaestrado. Mi perro. Muchas veces estuve tentada de ponerle un collar en el cuello y jalarlo de una correa.

Cosa rara, el General que no mostraba aprecio por nada ni nadie, tenía ciertas consideraciones con el muchacho. Tal comportamiento me llevó a barajar varias teorías. Una: admiraba la brutalidad y la sangre fría de mi compañero, las que le hubieran gustado que tuviera la pendejada "insolente" que, según él, era su hija. Dos: presionaba al joven para que me delatara, para que vomitara los secretos que yo pudiera compartir con él y Joaquín. Tres: sencillamente sentía alivio al saber que Antón, el militar perfecto, estaba ahí, a mi lado, para protegerme. Cuatro: y la más probable de todas, planeaba utilizarlo para cualquier eventualidad que se presentara en el futuro.

A través de los años el "militar perfecto" pasó de ser mi amigo a mi guardaespaldas. Fiel al Todopoderoso, comprometido con la lucha destinada a terminar con la escoria humana y convencido de que cualquier sacrificio que se hiciera por lograrlo valía la pena, no hubiera dudado, ni por un segundo, en estrangular a su madre o envenenarse él mismo si así se lo ordenaba. Ya una vez, cuando apenas nos conocíamos, le había pedido que le volará los dientes a un compañero de clases que me traía la sangre revuelta. Eso fue algo sencillo, un juego de niños, pero cuando le pedí matar a uno de los instructores de la Academia, la razón era comprobar su capacidad para cumplir cualquier misión que le encargara y más que nada saber si estaba dispuesto a obedecer mis órdenes. El instructor no había hecho nada para fastidiarme, apenas si lo había visto un par de veces. Lo escogí como pude haber escogido a cualquiera otro que sirviera de víctima para llevar a cabo mis propósitos. *Llévalo al bosque pretextando haber visto rastros de intrusos que utilizan nuestras instalaciones y una vez ahí, sin testigos, reviéntale la cabeza de tal manera que parezca que fue accidental.* Antón sin hacer preguntas, ni corto ni perezoso, cumplió a cabalidad con mi encargo y cuando el cuerpo del instructor fue encontrado sin vida y con los sesos escurridos fuera del cráneo, se supuso que tenía enemigos y que alguno cobró venganza. A pesar de las fuertes medidas de seguridad y severas condenas impuestas en nuestras leyes, malhechores y forajidos iban en aumento al mismo ritmo que la población. Específicamente entre los "ratunoides" la barbarie era desmedida. Con Antón a mi lado no tenía que preocuparme por mi seguridad porque él se encargaba de desanimar a los mugrosos y mandarlos de patitas al otro mundo.

Joaquín era todo lo contrario, él reclamaba, juzgaba, dudaba, necesitaba razones, pruebas. Era de los pocos, o quizás el único, que debía ver para creer. Difícilmente lograba engañarlo o convencerlo de que yo tenía la razón. Siempre supe que Joaquín terminaría mal pero no quería admitirlo porque lo apreciaba y muy en el fondo admiraba su manera de ser. Teníamos doce, trece, catorce, quince años, pero ya notaba el esfuerzo que le costaba agredir o matar a los extraños que se utilizaban como carnaza en los entrenamientos para desarrollar el valor y el sentido de la obediencia. Era imposible no darme cuenta de su resistencia a utilizar la fuerza, la intimidación, la amenaza o el miedo como medidas para controlar a los revoltosos y más que nada era notoria la falta de entusiasmo con que pronunciaba el juramento al Todopoderoso. Especialmente aquella declaración que decía: *Tu voluntad es la ley y yo tu humilde servidor prometo obedecerte y serte fiel por siempre.* Estaba totalmente segura de que interiormente Joaquín maldecía y renegaba de ese compromiso.

Casi siempre, durante los descansos, yo me tiraba largo a largo sobre la hierba mientras Antón y Joaquín se recostaban contra los escuálidos árboles que rodeaban la Academia. Hablábamos de banalidades, hacíamos burla de todo y todos. Poníamos en duda las habilidades y el talento de ciertos compañeros, los calificábamos de espías, soplones, lameculos y traidores. Para los instructores insoportables elaborábamos diversas estrategias para mandarlos a la mierda. Yo, en particular hacía mofa de esas historias que leíamos sobre los estúpidos niños magos jugando a la pelota montados en sus escobas, o las del ridículo enano buscando mundos perdidos. Un día Antón no tuvo descanso y aprovechando que estábamos solos, a Joaquín se le fue la lengua sin caer en cuenta del peligro que significaba expresar los pensamientos en voz alta.

—Hay momentos que quiero escapar de este lugar y hacer lo que realmente quiero hacer. No entiendo por qué tengo que ser un servidor del Estado y no otra cosa.

—¿Qué otra cosa puedes ser?

—Un pensador, alguien que escribe sobre…

—¿Sobre qué cosas?

—No sé, sobre el mundo, los seres humanos, sus aspiraciones, sus temores. Quiero ser cualquier otra cosa, pero no el servidor al Estado que se espera de mí. Algunas veces me pasan ideas extrañas por la mente y me revuelven la sangre. Es tanta la rabia y la impotencia que me invaden en esos momentos que llega a dolerme todo el cuerpo. No sé si te pase a ti, pero yo, inclusive, he llegado a imaginar otra clase de mundo.

—¿Qué ideas son ésas? ¿Qué clase de mundo?

—Quizás antes, en el pasado, las cosas fueron diferentes y existía otro tipo de vida. Quizás hubo grupos avanzados que se extinguieron con el tiempo. Piensa, tuvo que ser gente muy avanzada la que construyó esos enormes edificios que, aunque destruidos aún se mantienen en pie. Quizás existieron otras formas de pensamiento, otras maneras de ver y hacer las cosas. La gente del pasado pudo ser libre de actuar, de expresar con palabras lo que pasaba por su mente, lo que le dictaba la conciencia. Quizás esa gente no tenía que dar gracias a nadie por esto y aquello como si tener techo, alimentos y ropa fueran limosnas cuando eran derechos que pertenecían a las personas. No sé si puedas entenderme… la verdad es que yo mismo no logro hacerlo y creo que estoy maldito. No sé, pero algo dentro de mí me dice que vivimos una farsa. No es verdad que somos felices, no es verdad que tenemos todo. Eva, este orden no puede ser correcto y no es correcto. Nuestro mundo es una patraña.

—Parece como si nunca hubieras estado en el Anfiteatro y presenciado el castigo que se da a los que hablan de más, a los que piensan demasiado, a los que reniegan o ponen en duda la existencia del Todopoderoso.

—Sé que puedo confiar en ti.

—Óyeme bien muchacho tonto, no debes confiar en nadie. Te aconsejo que no te atrevas a repetir lo que acabas de decir a nadie más… ni siquiera a Antón, porque puedes perder la lengua y la cabeza —esa fue mi recomendación. No volvimos a hablar del tema, sin embargo, sus palabras continuaron rodando por mi cabeza creando la confusión, sembrando la duda. ¿Eran la comida, la ropa y la vivienda derechos de la gente o una dádiva del Estado? ¿Era justo el orden impuesto por la fuerza? ¿Tenían razón los dos generales o la tenía Joaquín? Por culpa del maldito traidor fueron muchas las veces que titubeé y que estuve a punto de claudicar.

Nunca había pensado en la posibilidad de otro pueblo poderoso que no fuera el nuestro hasta que la Generala habló de los grandes imperios del pasado. No obstante, Joaquín no sólo había imaginado su existencia sino su apogeo y decadencia. Había descubierto en los enormes edificios en ruinas las huellas de su grandeza. No se había dejado engañar con las ridículas mentiras del Estado creyendo, como yo y todo el mundo, que eran los salvajes y mugrosos indigentes los que habían destruido nuestras construcciones. Yo creía en la posibilidad de obrar con libertad sin temor a un castigo, creía tener derecho a lo que se me antojaba, pero Joaquín había ido más allá pensando que esa libertad y ese derecho eran para todos. Sentía admiración por Joaquín y aunque sus ideas me resultaban atrevidas y riesgosas muy a mi pesar encontraba que tenían cierta validez. Aquel entonces no pensaba que precisamente esas ideas podrían estar en mi contra.

En cuanto al oficial Durand, éste era un tipo de unos treinta años, de mediana estatura y, como todos nosotros, poseía un cuerpo atlético producto del ejercicio diario. Sobre la nariz partida y bronca colgaban un par de anteojos de marcos pequeños que más parecían un adorno que instrumentos para corregir un defecto visual. Para Durand la palabra hablada o escrita era cosa seria. Su obligación consistía en entrenar al número reducido de elegidos a preparar informes sobre sus actividades y hacerlo respetando las leyes de la escritura. El oficial celebraba a los estudiantes que se expresaban con propiedad sin darle mayor importancia al contenido. Su clase era lo más aburrido que había en la vida, prefería mil veces jalarme de los pelos con la Generala el día entero que aguantarme al cegatón por una hora. La vieja quisquillosa era insoportable, renegaba de esto y aquello, pero hablaba de imperios, ideas y revoluciones que me tenían deslumbrada. Había prometido no divulgar las historias de la Generala, pero a veces me asaltaban las ganas de sorprender a todos con tales declaraciones. No lo hice por no quedar en ridículo. ¿Quién en su sano juicio creería en superpotencias cuando todos sabíamos que nuestra sociedad era la única y más avanzada que jamás había existido? Que en el pasado el mundo siempre estuvo poblado por salvajes.

Durand y esos cuentos de la palabra y reglas para expresarse con propiedad me tenían harta. Aun así, escuchaba atentamente todo lo que hablaba porque deseaba agarrarlo haciendo un comentario fuera de lugar y poder denunciarlo para que por lo menos le cortaran la lengua. Me entraron ganas de ponerlo en aprietos y delatarlo de verdad cuando corrigió mi forma incorrecta de hablar.

—Yo y mis compañeros exigimos un intervalo entre la lectura y la escritura para poner las ideas en orden y saber que vamos a decir —pedí cuando realmente hablaba sólo en mi nombre porque lo que era a los demás no se les ocurría reclamar así les saliera humo por las orejas.

—Eva, nuestro idioma tiene reglas que debemos respetar, hablando con propiedad se dice: *Mis compañeros y yo, o, en su lugar, nosotros.*

—Yo siempre debo estar delante, yo debo ser primero en todo momento —dije desafiante mientras dentro de mi cabeza escuchaba las palabras de la Generala: *Eres superior, y como tal estás destinada a aplastar al resto. Tú eres única, estás por encima de todo y de todos, eres la dueña del mundo.*

Durand decidió ignorarme y escogió a Etma para que leyera una página del Manual de Enseñanzas para los Servidores del Estado. Sentí que reventaba de indignación, ya no podía más. Etma era una bruta infeliz con abultamientos desproporcionados por delante y por detrás que los horribles overoles café no lograban disimular. No soportaba a la incapacitada mental, su voz parecida a los chillidos de las ratas me destemplaba los nervios. Durand pidió que nos concentráramos en la lectura para luego escribir una interpretación sobre las obligaciones de los oficiales del gobierno.

—Eva, no estás escribiendo y solamente faltan tres minutos para entregar el trabajo. Te recuerdo que además de las descripciones debes dar opiniones y ejemplos relevantes.

—No te preocupes, ya escribí lo que tenía que decir.

—Entrégame tus apuntes —dijo tomando los papeles de mi mesa, listo para saltarme encima y reprochar mi falta de interés.

—Eva, entrégale los papeles —apremió Keniel, el muchachito que tenía en la mirilla desde mucho tiempo atrás por creerse el sabelotodo cuando en realidad el tarado no sabía dónde estaba parado.

—Nadie te ha dado permiso para hablar —reté al entrometido muchacho haciendo gestos de apuñetearle la nariz cuando quería gritarle: ¡Métete la lengua por el trasero!

—Eva, me decepcionas. No es esto lo que se espera de una futura defensora del orden, la seguridad y los intereses del Estado —dijo Durand severo después de leer lo que yo había escrito: *Las reglas me valen una verga y las buenas maneras un culo.*

—Tú dijiste que un escrito era bueno y aceptable siempre y cuando guardara las reglas de la escritura —dije poniéndome de pie, lista para abandonar el salón. No soportaba ser regañada y menos delante de pelagatos.

—No trates de hacerte la lista, sabes que esto es una falta de respeto a la Academia, a mi posición, a todos los que confiamos en ti —dijo Durand yendo a su mesa. Guardó los papeles en una carpeta y regresó a mi lado—. Es mi obligación poner a tu padre en conocimiento de este engorroso episodio para que él disponga la acción disciplinaria.

—Te recomiendo que no lo hagas por tu propio bien —lo advertí, o más bien lo amenacé, mirándolo de esa forma acusadora que usaba el General para amedrentar a todo el mundo. Todavía no tenía fama de maldita, tampoco era conocida como "La máquina asesina" y debía recurrir a otros métodos para intimidar a la gente.

—No estás en posición de desafiarme. Sabes que has hecho mal. Ahora vuelve a tomar asiento.

Todos mis compañeros de clase tenían los ojos puestos en mí, listos para echárseme encima en cuanto tuvieran la oportunidad. Etma, la tarada mugrosa, hizo como si aplaudiera y Keniel me sacó la lengua. A pesar de sentirme humillada fingí indiferencia mientras en mi mente aparecieron las cabezas de Durand, Etma y Keniel rodando por el piso. Como castigo a mis "insolencias" el General ordenó que por dos semanas corriera en la pista de la Academia por seis horas diarias, sin descanso. La cosa no iba a quedar así, Durand, Etma y Keniel necesitaban un escarmiento. Uno por bocón, la otra por hacerse la chistosa y el sabelotodo por atrevido. Los tres debían aprender que no era nada fácil meterse conmigo.

Cinco días después, cuando Durand creía que todo estaba olvidado, justo cuando él entraba al salón de clases, dejé caer la bolsa con canicas y matatenas, regalo de la Generala, para que el cegatón se rompiera la crisma. El oficial Durand cayó de espaldas al piso y sus ridículos anteojos salieron volando por el aire haciéndose añicos al golpear una pared. Los muchachos echaron la carcajada viéndolo hacer maromas y aterrizar hecho un revoltijo. Luego, al descubrir que Durand no daba señales de vida, asustados, le dieron viento y resucitación boca a boca creyendo que el oficial había abandonado este mundo. El cegatón no sólo terminó con la cabeza rota sino con incrustaciones de matatenas en la espalda. Cuando el director de la Academia intervino y supo que yo era la responsable dije que había sido un descuido, aseguré que la bolsa se me había resbalado de las manos y que no había sido mi intención dañar a nadie. Durand me miró con recelo sin creer en mis excusas, pero prefirió quedarse callado por miedo a terminar ciego de verdad. Etma, la tarada mugrosa, también pagó por sus palmoteos. Antón, siguiéndo mis órdenes, la convenció para que lo acompañara a uno de los salones vacíos donde poder estar a solas con ella. Me reí a carcajadas al escuchar los chillidos de horror que echó cuando Antón salió del cuarto y yo solté las cinco ratas gordas y asquerosas que había atrapado especialmente para ella. En cuanto al Keniel, encargué a Antón que le volará todos los dientes de una trompada cuando tuviera la oportunidad.

Dejando de lado su obsesión por las palabras y su rapidez para reportar cualquier falta cometida por los estudiantes, Durand era un tipo bastante sencillo, responsable a más no poder y cumplía a cabalidad su juramento de fidelidad al Todopoderoso —el protector de la UNN—, a tal grado, que no se permitía pensar por sí mismo. El miserable había sido drenado y domesticado, era obediente, leal como un perro y capaz de cortarse el cuello o rebanarse los huevos, si así probaba su devoción y su lealtad. Algún día, el pobre sometido terminaría con tortícolis de tantas veces bajar la cabeza en señal de respeto frente a una imagen del Salvador del Mundo. Para su desgracia carteles, estampas, afiches y grabados con la cara del Protector estaban en todo lado.

Al igual que la imagen vista en las pantallas del Anfiteatro, las reproducciones del ubicuo Todopoderoso tampoco eran nítidas. El rostro de nuestro protector tenía rasgos indefinidos, podían ser los de un hombre afeminado o los de una mujer poco femenina. El pelo ensortijado y partido por la mitad le llegaba a los hombros, tenía cejas despobladas y no podía asegurarse que fuera un bigote o una barba las leves manchas sobre y bajo la boca. Los finos labios sonreían de cierta manera misteriosa oscilando entre el deleite y el desagrado. Los ojos eran indescriptibles, parecían perseguir al observador, querer desnudarlo y leer lo escondido en lo más recóndito de su cabeza. Su sonrisa y su mirada inspiraban a la misma vez miedo, inquietud, respeto. Se decía que el Salvador del Mundo, toda bondad, toda sabiduría, todo poder, vivía en el edificio donde funcionaban las oficinas centrales de la UNN. Sin embargo, sólo se lo conocía en grabados o a través de las pantallas televisivas, en persona nadie lo había visto jamás. Muchos eran los que perdían la cabeza por dudar de su existencia.

Después del contratiempo que tuvimos, yo y Durand entablamos una relación que no podía llamarse cordial, pero si bastante soportable. No nos quedaba de otra si es que teníamos que compartir cada día por el resto del tiempo que nos esperaba.

—¿Por qué… yo y mis compañeros siempre leemos manuales militares, leyes del Estado, historietas idiotas de niños magos y hechiceros cuando podemos conocer cosas interesantes? —pregunté a Durand aburrida de leer los mismos libros que me tenían a un tris de echarlos al fuego.

—¿Interesantes… qué intentas decir con conocer cosas interesantes? —El cegatón había aprendido la lección porque no se atrevió a corregir mi "pobre" expresión oral. Seguramente tenía miedo a darse otro suelazo.

—Libros sobre los sentimientos, las emociones, las ideas de las personas. Algo que nos inquiete, nos estremezca y nos motive a pensar.

—Eva tenemos una colección de libros sobre el amor, el respeto y la admiración que sentimos por el Todopoderoso. ¿No crees que eso es suficiente? ¿De qué otros sentimientos o ideas podrían escribirse? Además, somos poquísimos los que sabemos leer y escribir.

—Pienso que en el pasado, en los miles de años de historia que tenemos, hubo un momento cuando las cosas fueron diferentes y la gente si pudo escribir sobre, no sé… la naturaleza humana, sus aspiraciones, sus inquietudes —dije sin atreverme a decir que esas eran las preocupaciones de Joaquín, menos aún revelar que la Generala afirmaba que tales libros si existían o confesar que yo misma había tenido en mis manos *El príncipe*, una copia que la Generala guardaba como cosa preciosa. Observando la reacción de sorpresa y pánico en la cara de Durand recordé lo que había leído en una de las páginas del libro acerca de las tres clases de intelecto: "*el que discierne por sí, el que comprende lo que otro discierne, y el que no discierne ni entiende lo que otro discierne*". El intelecto de Durand caía en la última categoría.

—Eso no es posible, la gente en el pasado era salvaje, no era capaz de producir una obra transcendente o bella. No fue hasta que llegó el Salvador del Mundo e impuso el orden que los pocos hombres de buena voluntad levantamos edificios, construimos artefactos útiles, escribimos esas historias hermosas de niños magos y hechiceros. Esos bárbaros del pasado, que son los mismos marginales de hoy, no hicieron otra cosa que no fuera la destrucción. Estuvieron a punto de acabar con el planeta, de aniquilarse a sí mismos, contaminaron el ambiente, infectaron las aguas con mil de porquerías, fueron los causantes de toda esa basura acumulada en los océanos que estuvo a punto de acabar con las especies marinas. Esos salvajes destruyeron nuestros edificios, nuestra tecnología y si el Salvador del Mundo no los detiene a tiempo hubieran acabado con todo. Todavía hoy, a pesar del castigo, los marginales continúan siendo un peligro. Gracias a la ayuda y el patrocinio del Todopoderoso estamos poco a poco reconstruyendo lo que esos salvajes destrozaron.

—Ya sabía eso, nos lo repiten todo el tiempo. Yo hablaba de otras lecturas —me quejé molesta de escuchar de las mismas barbaridades que cometieron esa horda de hombres-bestias que gracias al Todopoderoso seguíamos combatiendo.

—Lo decía para que comprendieras lo afortunados que somos de vivir en estos tiempos. Todo lo debemos a nuestro Salvador. Gracias a su bondad y sabiduría somos felices, tenemos casa, comida, ropa y trabajo. Gloria, honor y poder al Todopoderoso por los siglos de los siglos —dijo refiriéndose al juramento con voz emocionada—. Finalmente estamos a salvo del horror que provoca la permisividad. ¿Puedes imaginarte el caos que se provocaría si la libertad de expresión y acción fuera permitida y todo el mundo hiciera su voluntad? Y volviendo a tu interés por conocer otro tipo de lecturas, me pregunto de qué podría escribirse, qué sentido tendría hacerlo si todos diríamos lo mismo… que vivimos en un mundo mejor, que somos más saludables, que tenemos mejores alimentos, mejores casas, que…

—¿Y qué pasa con los indigentes, por qué ellos no viven en un mundo mejor? —dije cuando mi intención era preguntarle ¿con qué otro mundo comparas éste para saber que es mejor? No lo hice porque sabía que hablaba con un hombre "que no discierne ni entiende lo que otro discierne".

—Los desclasados no son personas, no son ciudadanos, por lo tanto, no tienen valor tampoco son importantes. Los marginales son naturalmente inferiores y no pueden superar esas características propias de su grupo, como los animales no tienen intelecto y son destructivos —respondió a mi pregunta repitiendo las mismas palabras dichas por la Generala como si fueran parte de una lección aprendida de memoria.

Habían pasado tres años desde que había ingresado a la Academia cuando un día el General se presentó en casa. La última vez que lo había visto había sido un año atrás cuando llegó a la Academia para señalar el castigo que merecía por haber causado daños físicos al oficial Durand. *¿Y ahora de qué se me acusa, ó, que bicho le picó a este fulano?* me pregunté sorprendida al verlo entrar y llamar a la Generala. Como si yo fuera invisible, el altanero dueño del mundo pasó a mi lado ignorándome por completo. Ordenó a la Generala que me preparara para el viaje.

—Ya todo está listo, pueden salir cuando lo creas necesario —respondió la vieja.

—¿De qué viaje hablan y dónde creen que voy a ir sin antes haberme preguntado?

—Vas a venir conmigo en una misión de reconocimiento a los sectores marginales —dijo el General autoritario, ostentando que tenía poder sobre mí —y no te atrevas a decir una palabra porque no estoy dispuesto a escuchar tus majaderías —añadió pronto, refrenándome, sin darme la oportunidad a negarme o por lo menos a hacer preguntas. No protesté, pero que no se imaginara que iría con él a ninguna parte. ¿De cuándo acá le interesaba compartir con la "insolente" a la que veía cuando tenía tiempo o le entraban las ganas de joderme la vida? Me encabronaba su ausencia, me emputaba su desinterés. A la muerte de Ami me dejó con la Generala y después me abandonó en la Academia, y si de repente aparecía era solamente para sentenciar mis fechorías.

—Ésta es la ropa que vas a usar para el viaje —dijo la Generala mostrándome unos trapos harapientos y sucios.

—Te la vas a poner cuando estemos cerca de Los Pantanales. Con esos andrajos no llamarás la atención de los miserables que vamos a visitar —sentenció el General haciendo gestos de asco. —Primero iremos a visitar a los trabajadores en los campos y luego a los marginales. Vas a observar cómo es que viven esas asquerosas criaturas y comprobar por ti misma que son animales con apariencia humana. Se han multiplicado de manera vertiginosa, son tantos que han llegado a ser un estorbo.

—Te interesa conocerlos para cuando llegue el momento sepas como atacarlos y acabes con ellos. Uno de esos bestias miserables mató a Ami —dijo la Generala haciéndome ver la importancia de la misión. —¡La muerte horrible que tuvo tu madre! —se lamentó agarrándose la cara con ambas manos. Sus palabras lograron convencerme y sin decir palabras tomé la pequeña valija que la vieja ya tenía lista de antemano. Salí tras el General sintiendo unas ganas terribles de matar.

En un camión y en compañía de tres soldados llegamos a los campos de cultivo. Nunca me había detenido a pensar de dónde salían las mazorcas, los tubérculos, los granos, las coles, la carne de marranos y cabras que llegaban a casa y que se asignaban en los centros de reparto de alimentos. Me sorprendió ver las inmensas extensiones de terreno que cruzábamos en el vehículo y los cientos de hombres y mujeres que semidesnudos se dedicaban a la faena bajo los rayos del sol. Cada cierto espacio de tierra un grupo de soldados armados con fusiles guardaba vigilancia.

—La seguridad es necesaria en todo lugar. Nunca se puede confiar en la gente. Aunque todos saben que nacieron para hacer este trabajo y están agradecidos de hacerlo, alguno puede tener malos pensamientos, cometer una barbaridad y crearnos problemas innecesarios —dijo el General mientras señalaba a un grupo de jóvenes campesinos que abandonaron sus labores para mirarnos con curiosidad. Un inconsciente queriendo hacerse el chistoso se bajó los pantalones y nos mostró el trasero—. Llévalo a la central, ya sabes lo que debes hacer con él —ordenó a uno de los guardias.

Al día siguiente, camino al sector conocido como Los Pantanales, entramos a una estación militar resguardada por soldados armados con metralletas, fusiles y granadas. De ahí, yo, el General y los tres soldados salimos convertidos en indigentes. ¿A quién pensaba engañar el General con ese porte y esas maneras? ¿Quién creería que el General era un miserable marginal? Me reí en su cara viéndolo metido en unos overoles deshilachados y manchados de grasa, con una camiseta rota y unas botas ya desbaratadas por el uso. Él, sin inmutarse, recomendó que no abriera la boca para que la gente no cayera en cuenta de que hablábamos de manera diferente, que no mugíamos o ladrábamos como hacían ellos. El camión que nos llevó a Los Pantanales se alejó de los barrios centrales y poco a poco fue entrando en otro mundo, un mundo que desconocía por completo, que era pavoroso, repulsivo, sucio, demencial. Salimos del vehículo dejando en el camión a dos de los militares en espera de órdenes en caso de que la cosa se pusiera fea, se armara un relajo y su intervención fuera necesaria.

—Esto es horrible, apesta a agua estancada, a vómito, a sobaco, a basura, a mierda —me quejé y haciendo gestos de náusea cubrí la nariz con una mano.

—Relájate, actúa con naturalidad, no hagas muecas ni aspavientos inútiles que puedan atraer la atención —reconvino el General.

Las edificaciones de cinco, seis, diez pisos estaban en malísimas condiciones, muchas se habían desplomado o estaban a punto de venirse abajo. La mayoría de las construcciones eran esqueletos retorcidos de concreto donde sobresalían las varillas de acero y las ventanas eran huecos sin vidrios. Seguramente que tuberías y alcantarillas estarían rotas y no había agua porque la fetidez en el ambiente era insoportable. Más tarde me enteré de que en esos sectores las cañerías no funcionaban, que la gente cumplía sus necesidades biológicas en huecos hechos en la tierra.

—Esta devastación, esta fealdad, es el resultado de la brutalidad de estos salvajes. Hoy en día las ruinas son cuevas donde pululan toda clase de alimañas. Un tiempo atrás se trató de hacer reparaciones en la zona, pero nos dimos cuenta de que los parias utilizaban los edificios restaurados para guardar lo que robaban y preferían seguir viviendo en sus madrigueras —explicó el General para luego cínicamente exclamar —¡Es que no tiene sentido encenderle la luz a un ciego!

Por un momento sentí que me asfixiaba y cerré los ojos para escapar de la visión más patética que nunca me hubiera imaginado. No había un solo árbol por ninguna parte, ni siquiera una mata en los parterres y en las calles agrietadas y llenas de charcos se encontraban escombros por todo lado, montones de bloques de cemento y vidrio partido, rumas de desperdicios, de basura, de inmundicia. Parecía que los indigentes preferían vivir al aire libre porque una pila de gente sucia y grasienta se agolpaba en las esquinas, en los escalones fuera de las puertas abiertas. Y no conversaban, tenía razón el General, ellos no hablaban, aullaban y mugían como si fueran animales. Y como animales se oliscaban, se manoseaban, se revolcaban y se montaban a plena luz del día. Los niños, especialmente los más pequeños, igual que los cerdos que había visto en los campos, retozaban en los lodazales dejados por las lluvias. En cuanto a los viejos, producían náuseas verlos mostrando sus sarnas, chancros y colgajos pellejudos.

—¿Por qué me trajiste a este inmundo lugar? ¿Para qué necesito ver todas estas marranadas? —pregunté furiosa.

—Es necesario y parte de tu entrenamiento conocer los lugares donde nacen y crecen los parásitos que proliferan y arrasan con todo lo que encuentran en el camino, que veas con tus ojos la clase de gentuza que se mueve en este mundillo de sabandijas… el lugar de donde salió el hombre que mató a tu madre —las últimas palabras del General fueron dichas con ganas de molestarme, con saña, me sentí golpeada y no pude evitar arañarlo en un brazo.

—Estás comportándote como esos salvajes. Es contra ellos que tienes que dirigir tu furia y tu venganza. Fueron ellos los que la descuartizaron —dijo el General sacudiéndome con fuerza por los hombros.

Los dos Generales no dejaban que yo olvidara el momento que vi a Ami caer al piso en medio de una laguna de sangre que era su propia sangre. Cada que me lo recordaban el odio envenenaba cada fibra de mi cuerpo y el dolor me estrangulaba el corazón, las tripas, el alma. Era tanta la rabia consumiéndome por dentro que en esos momentos creía colapsar y ver el mundo volando por el espacio junto con todos esos infelices hechos mierda.

El sol había descendido el horizonte cuando yo, el General y el soldado fuimos de regreso al vehículo donde nos esperaban los otros dos militares. A pesar de que estaba por cerrar la noche una mujer preñada deambulaba por las calles arrastrando una fila de ocho muchachitos mugrosos además del niño que llevaba entre los brazos.

—¿Será la madre de todos esos renacuajos? —pregunté curiosa.

—Estas mujeres son iguales que las perras alunadas, sólo sirven para parir y llenar este mundo de animales —respondió el General mirando al grupo con desprecio, escupió sin poder contener el asco—. Cada uno de esos bicharracos es un futuro criminal. Estamos rodeados de la escoria de la sociedad.

Varios tipos de aspecto sospechoso empezaron a seguirnos. El General se detuvo para dejarles el paso libre al mismo tiempo que ordenó al soldado mantenerse alerta.

—Los malandrines lo mismo que las sabandijas se alborotan cuando se acerca la noche —comentó mirándolos de reojo, con repugnancia.

Pasamos junto a un lugar que parecía ser una taberna de mala muerte en una calle despedazada, en medio de esqueletos de edificios. Creímos que dentro se estaban matando porque escuchamos gritos y exclamaciones saliendo por la puerta.

—No sé lo que vamos a encontrar, pero seguramente presenciaremos un espectáculo violento y extravagante, una función propia de estas bestias —dijo el General agarrándome por un brazo. Entramos al lugar que tenía poca iluminación y que hedía rancio, a grajo, a orines, a sangre seca. En la semi penumbra alcanzamos a divisar hombres y mujeres harapientos acomodados alrededor de largos mesones. Estaba segura que ninguno se había dado un baño en toda su vida, tampoco conocía lo que era un peine. Los pelos enredados debían ser un nidal de piojos y los andrajos un criadero de pulgas y garrapatas. A empujones y codazos conseguimos acomodarnos en una de las mesas. Varias veces el General me encontró haciendo gestos de asco o tapándome la nariz y me recordó que debía comportarme como el resto para no llamar la atención ni levantar sospechas. Un flaco mugriento se recostó a mi lado y sobajó mi brazo, claramente sentí las alimañas saltar dentro de mi camisa remendada y bajar hasta mis pantalones rotos. La picazón se hizo insoportable y tuve que echarme uña inclusive en medio de las piernas. Odié parecer un apestado más y no me quedó otra que maldecirlos una y otra vez.

—No te hagas la remilgosa. Esto no es lo más malo, todavía nos quedan muchas cosas peores que ver —dijo el General y luego pidió cerveza para los tres. El estómago se me revolvió al solo pensamiento de poner mis labios en el asqueroso jarro, no me atreví a probar esa horrible sustancia espumosa que hedía a podrido y que deleitaba a los apestados. Miré a mi alrededor con desagrado y repugnancia. Desenfrenados todos gritaban y coreaban en medio de carcajadas, eructos y humo. Una voz se levantó entre las demás para anunciar a una tal Consentida. *¡Sólo de verla me vengo!* exclamó el tipejo sentado frente a mí metiendo la mano dentro del pantalón para sobarse los testículos al momento que una mujer muy joven, maciza, de labios carnosos, pelo alborotado, y ataviada únicamente con una falda cortita trepó sobre una mesa.

—¿Por qué hemos entrado a esta pocilga? ¿Qué es lo que puedo aprender de toda esta cochinada? —protesté dando un codazo al General.

—Debes conocer la realidad del mundo que nos rodea para que nada te sorprenda. Tómate la cerveza y relájate —respondió cerca de mi oreja y sin decir otra palabra se dedicó a mirar el espectáculo, yo diría, que con interés. Al ritmo de tambores y chiflidos de los comensales, la muchacha comenzó a contornearse. La miré con curiosidad. El bamboleo de los enormes senos así como el movimiento de las voluminosas caderas y los fuertes muslos me dejaron deslumbrada y sin poder evitarlo comencé a salivar. La mujer se agachó y puesta de espaldas se levantó la corta falda dejando al descubierto un fundillo carnudo. Meneando dio la vuelta y separando los poderosos muslos mostró lo más recóndito que se escondía entre sus piernas. Anonadada, turbada, y sin darme cuenta de lo que hacía, bebí varios tragos de mi cerveza. Ese líquido para ratas era amargo, pero logró sosegar mi agitación. Los rechiflados y exclamaciones subieron de tono cuando un hombre de piel morena y traza de matón trepó al mesón y se unió a la danza. El movimiento de caderas y senos de la Consentida fueron en aumento a medida que crecía el golpeteo de los tambores. En un giro el hombre la apretó por detrás y en otro se despojó de los pantalones, única prenda que llevaba puesta, dejando expuesta una enorme verga en medio de las robustas piernas. *¡Mamerto no la dejes esperando, queremos ver como se la entierras!* gritó un tipo y los demás pifiaron. Sentí una sensación extraña invadiendo todo mi cuerpo y a duras penas logré controlar el temblor de mi mano sosteniendo el jarro. En las calles había visto a varias parejas cogerse a plena luz del día, pero esto era diferente. Hombre y mujer, entre soplidos y resuellos, se apretujaban, subían y bajaban manoseando el cuerpo del otro, gozando el arrebato de su propia carne. Tomé el resto de la cerveza de un solo trago evitando que el General me descubriera descubriendo lo primera vez descubierto. Como al descuido lo observé de reojo y lo encontré mirando el espectáculo atentamente, sin pestañar, sin mostrar ninguna emoción, como siempre impenetrable. Mientras tanto yo sentía que me incendiaba por dentro junto a toda esa gente que gritaba enloquecida. Como si estuvieran librando un combate cuerpo a cuerpo, el hombre y la mujer se trenzaron por las piernas gritando como si les arrancaran la cabeza.

Un par de tipos, ya borrachos, se agarraron a trompadas intentando subir a la mesa para unirse a la función mientras tanto hombres y mujeres, arrancándose los harapos, se juntaban de dos o de tres y se revolcaban en el suelo desenfrenadamente. Por los aires volaron jarros, botellas y de pronto… se escuchó un alarido de muerte. Pararon los tambores, parejas, tríos y cuartetos se separaron. Un muchacho más joven que yo, un niño, a cuchilladas había sacado los intestinos a otro muchacho y como si hubiera realizado una hazaña, con el triperío en las manos, levantaba los brazos exclamando alborozado ¡Lo *chucé, yo lo chucé!* Por unos segundos se hizo el silencio y todos como alucinados se miraron entre sí, hasta que el grito de la Consentida los sacó del aturdimiento: *¡Qué suenen los tambores y siga la fiesta!* El encargado del lugar arrastró el cuerpo de la víctima y con la ayuda de un comensal lo tiró fuera por la puerta trasera. Las carcajadas, los gritos, la cerveza y los aparejamientos continuaron sin que a nadie le importara un carajo el muchacho destripado.

Al salir del lugar encontramos a dos mujeres con cuchillo en mano desmembrando el cuerpo del muerto mientras varios muchachitos y dos perros chupaban los huesos. Ahí mismo vomité la cerveza y todo lo que tenía dentro sin importarme que el General me zarandeara por un brazo. Sólo al llegar junto a los soldados que nos acompañaban durante "la misión de reconocimiento" pude respirar aliviada sintiendo que finalmente recuperaba la cordura.

—¡Estoy horrorizada! No creo que fue prudente meternos en ese cuchitril donde esos sarnosos caníbales pudieron echársenos encima —protesté espantada de lo que había visto no sólo dentro y fuera de la taberna sino en el resto de Los Pantanales.

—No te exaltes de esa manera sin ninguna razón. En ningún momento estuvimos en peligro, muchos de los andrajosos tanto en el camino como en la taberna eran soldados encubiertos.

—¿Por qué tienes que decírmelo después del susto que he pasado? Te odio, eres un infame, un sádico. Disfrutas viéndome sufrir —lo increpé con ganas de destriparlo como hicieron con el muchacho que mataron en el salón.

—El próximo año realizarás el viaje de reconocimiento con un grupo más grande, con un batallón, y visitarás varias naciones del Sur. Entonces sí vas a horrorizarte de verdad cuando veas comunas, chabolas, tugurios y favelas donde se apiñan la mayor cantidad de miserables. Asentamientos que son verdaderos nidos de ratas y donde el canibalismo es cosa normal.

—Debías ordenar a la tropa regresar al salón, arrestar al criminal y a los otros rufianes —sugerí al General ignorando sus palabras.

—Si doy una orden será para que den una recompensa a ese raposo. ¡Una rata menos que sirvió de comida para perros y salvajes! Ya pudiste darte cuenta que esos parias no son seres humanos, son ratas. Haríamos bien si los sacamos del camino. Ojalá a ese infame muchacho se le ocurra reventar a unos cuantos más, a todos los que pueda —dijo y sin más explicaciones pidió al chofer llegar hasta la estación militar donde nos instalamos para pasar la noche.

En la estación militar tiramos la ropa al incinerador donde piojos y garrapatas chisporrotearon en el fuego. El General volvió a usar su traje gris de dos piezas con el ojo dentro del triángulo adornando la solapa y yo cambié los andrajos por un par de sencillos overoles. Aun así, sentía la picazón causada por la mordedura de las alimañas. Al llegar a casa el perro me olfateó y sin poder reconocer el olor propio de mi piel estuvo a punto de zamparme los dientes. Por más de una hora estuve metida en la bañera para quitarme los tufos que traía pegados en todo el cuerpo. Lo que no podía quitarme de la cabeza era… la visión de la Consentida y el matón desnudos y amarrados, revolcándose en el piso como dos bestias enfurecidas.

Las escenas que había presenciado en ese cuchitril me habían perturbado más que ver como unos cuantos asquerosos se comían a un muerto. Una y otra vez venían a mi mente las nalgas carnosas y redondas, los pliegues que se abrieron profundos entre los muslos de la mujer, el enorme y brillante bulto que el hombre llevaba entre las piernas. Sin poder evitarlo manoseaba mi cuerpo con unas ganas tremendas de sentir en carne propia lo que puso a la Consentida a chillar y patalear.

¿Sabías que las personas pueden coger igual como hacen los animales? —pregunté a la Generala llevada por la curiosidad y el morbo que me provocó ver a la Consentida y su pareja, ver esa práctica que me pareció bestial entre los indigentes. En la Academia, especialmente mientras nos preparábamos para la lucha cuerpo a cuerpo y quedábamos al desnudo, muchos de los muchachos manoseaban sus propios cuerpos y el de los demás, muchos se montaban y gimiendo rodaban amarrados por el piso. Hasta el momento tales comportamientos me resultaron comunes, nada de otro mundo. Por alguna razón esos mugrosos habían logrado encabritarme.

—¿Estás refiriéndote al sexo? —preguntó la vieja de lo más tranquila —. Me parece bien que hablemos del tema. Estás por cumplir quince años y ya me extrañaba que no sintieras urgencias y estuvieras tan calmada cuando los otros muchachos de tu edad ya son profesionales en el asunto. El sexo es una destreza primaria, propia de todo ser vivo y necesaria para la reproducción. Entre los humanos es una actividad saludable que proporciona placer y relajamiento. Sin embargo, en la mayoría de las civilizaciones del pasado el acto sexual fue visto como un tabú debido a la influencia de doctrinas perversas que negaron y condenaron los instintos naturales. Ciertos grupos bárbaros llegaron a imponer la idea del cuerpo humano, especialmente el de la mujer, como carne mal ventilada, mugrienta, despreciable, que debía esconderse bajo mil traperíos para no ofender a los demás con su fealdad y fetidez. ¡Todos conceptos fuera de la realidad, en contradicción con la naturaleza, con la vida! Reprimir los instintos naturales del ser humano era una forma más de dominio. Estas enseñanzas perniciosas llevaron a muchos a creer que la práctica entre personas del mismo género era dañina y depravada cuando la naturaleza no distingue diferencias, cuando para lograr el placer no importa quién o qué te lo proporcione. Lo que en el pasado dieron con llamar homosexualismo fue fuertemente condenado y muchas veces castigado con la muerte. Por suerte en nuestro tiempo esas inhibiciones están superadas, todos somos simplemente sexuales y lo mismo da disfrutar nuestro erotismo con hombre, mujer, animal o cosa.

—Estoy lista para el sexo —fue mi respuesta a toda esa retahíla de explicaciones que dio la vieja.

—Me alegra saber que ha llegado el momento. Ten mucho cuidado con los hombres, cualquiera puede preñarte.

Mientras platicaba con Antón y Joaquín, casualmente, les mencioné el episodio brutal que me tenía alborotada. Sin mencionar "la misión de reconocimiento" para así no involucrar al General en asuntos sexuales, narré lo que había visto y lo mucho que me había impactado presenciar la relación estrecha, íntima, salvaje, que podía darse entre hombres y mujeres.

—Me pareció una práctica grotesca, violenta, asquerosa y a la misma vez preciosa. ¡Si hubieran visto las sacudidas, las pataletas, los restregones y las mordidas que se dio esa gente! —dije acalorada y los muchachos se echaron a reír de mi arrebato y mi candorosa historia, porque ellos, tan jóvenes como yo ya contaban con un largo historial de perversiones.

—Lo dices como si nunca hubieras presenciado el acto o tú misma no lo hubieras practicado. Yo empecé a los nueve y no he parado desde entonces —dijo Antón petulante—. Puedo asegurarles que he tirado con casi todos los chicos y chicas en la Academia. El sexo es necesario, saludable y delicioso. ¿Dónde has estado metida todos estos años?

—¿Joaquín tú también? —pregunté un tanto turbada.

—Así es, pero como soy selectivo puedo decir que solamente me he acostado con un par de muchachos —respondió Joaquín.

—Ahora mismo podemos conseguirte un hombre, una mujer o lo que prefieras para que resuelvas el problema, aunque es mejor que conozcas un lugar maravilloso donde vas a escoger la verga o la vagina que se te antoje y poner en práctica juegos sabrosos —dijo Antón entusiasmadísimo.

—¿Y qué esperan para llevarme a ese lugar maravilloso? —pedí temerosa de hacer el ridículo. Antón y Joaquín echaron la carcajada.

"El jardín de las delicias" como se llamaba el burdel reservado especialmente para los oficiales era un lugar realmente maravilloso, alejado de la ciudad y escondido en medio de una gran cantidad de árboles poco frondosos. Antes de bajar del vehículo descubrí, como era obligado en todo lugar público, una de las cámaras de vigilancia instalada justo al frente del edificio. El acto sexual podía ser una práctica normal aun así utilicé un trapo para cubrirme la cara porque tenía la sospecha de que el General vigilaba mis pasos.

Entramos al burdel y nos encontramos en un cuarto que tenía las ventanas cubiertas con pesadas y feas cortinas color rojo sangre y decorado con sillones rojos y horribles vasijas y candelabros dorados. En una pared se encontraba un cuadro raro, provocativo, misterioso y bello donde se miraban hombres y mujeres, blancos y negros, todos desnudos. El cuadro estaba dedicado al acto sexual y todo tipo de placeres carnales. Mostraba escenas eróticas no sólo entre hombres y mujeres sino entre animales y plantas. El cuadro también mostraba actos de masturbación y relaciones entre parejas del mismo sexo, lo que la Generala había llamado "homosexuales". Por largo rato me quedé mirándolo con cierta sensación de angustia y horror, el mismo estado que me producía estar dentro de una pesadilla. Una mujer gorda vestida con una bata de un color verde chillón me sacó de mi abstracción. La gorda nos condujo a otro cuarto donde, como en el cuadro, había hombres y mujeres, blancos y negros, unos totalmente desnudos y otros envueltos en gasas. También había, sujetos por el cuello con un collar de cuero, dos grandes y robustos perros machos y dos hembras igualmente vigorosas. Antón hizo acto de desaparición en cuanto puso los ojos en una mujer de piel brillante, labios abultados y cuerpo macizo. La ansiedad me dominaba, me resultaba difícil la idea de permitir a otros el goce de mi cuerpo y definitivamente imposible que yo lo proporcionara a otra persona. A pesar de tener la máscara puesta el temor a poner al descubierto mi identidad me tenía paralizada. Joaquín se me acercó al verme ahí pegada al piso como una estúpida sin saber dónde agarrar.

—Puedes escoger al hombre o a la mujer que desees. Todos aquí están dispuestos a complacer tus caprichos.

—Los quiero a todos —pedí de pronto, sin vacilar—. Deseo observarlos cogiendo en un festín al ritmo de tambores.

—Iniciarte en grupo, con todos… ¡Que idea tan fabulosa! aunque te confieso que prefiero la intimidad y trabar con un solo hombre.

Una vez que Joaquín desapareció en compañía de un muchachito flaco y lampiño, sin demoras, la gorda me llevó a otro cuarto que tenía las paredes adornadas con cuadros donde se veían parejas en pleno acto sexual, vidrios de colores colgando del techo, almohadas regadas por los rincones, divanes y camas. Tras una cortina aparecieron cinco hombres llevando tambores y a un gesto de la gorda se escuchó el golpe de los dedos sobre los instrumentos. Al sonido de los tambores, hombres y mujeres empezaron a bailar, manosearse, lamerse y morderse. Una rubia rodó por el piso, tres hombres y una mujer se le echaron encima. Otros dos hombres totalmente desnudos entre mordidas, chupadas y apretujones se tumbaron sobre un diván. Una mujer se montó sobre uno de los perros y otra se montó sobre la mujer. Llegó el momento en que todos participaron de la bacanal y se gozaron por todos los orificios del cuerpo. El sonido de los tambores fue creciendo a la misma medida que gemidos y gritos iban en crescendo. Mientras tanto yo, parada en una esquina del salón, sintiendo que ardía en fiebre, observaba el acalorado y brutal espectáculo. No pude contener el ardor de mi carne y fui a acostarme junto a la rubia que había rodado por el piso. Cerré los ojos en medio de fuertes sacudidas al sentir las caricias de varias bocas, lenguas y manos sobre cada pedazo de piel. Los abrí al recibir la embestida violenta de uno de los hombres penetrando mi carne. Miré al tipo aquel y volví a cerrarlos sintiendo como su poderoso pene rompía mis membranas más íntimas. Las fuertes remetidas me produjeron cierto malestar aun así las disfruté intensamente. Sin sentirme saciada me desprendí del desconocido que gruñía de placer y dejé que fueran los restregones de una mujer los que me llevaran al éxtasis. Ya de pie y recuperada de la calentura pedí que pararan de golpear los tambores y ahí mismo se acabó la fiesta.

¡Qué lugarcito aquel! Antón y Joaquín tenían razón, ese burdel verdaderamente era "el jardín de las delicias". Sin embargo, no volví a visitarlo porque las bacanales resultaban más íntimas, voluptuosas y menos riesgosas en un galpón abandonado que los tres encontramos en una de nuestras exploraciones que, convenientemente, estaba apartado de las calles centrales y donde no había cámaras de vigilancia.

—Respetable Inspector de Operaciones, hemos encontrado necesario que nos visite porque debemos ponerlo en conocimiento de este informe escrito por Eva. Léalo, léalo usted mismo para que descubra las declaraciones ofensivas que hace en contra del Estado, el lenguaje vulgar que utiliza y las soluciones grotescas que propone. Todos impropios para una futura servidora de la UNN —se quejó el director de la Academia entregándole los papeles a mi padre.

Antes de leerlo el General me miró. El bigote asqueroso que entonces usaba hacía resaltar aún más ese gesto odioso que lo distinguía. Había reproche en su mirada, salían chispas por sus ojos siempre helados. Esperaba de mí la excelencia y no podía perdonarme la más pequeña falla o debilidad. Lo reté con la mirada, que se aguantara mis "insolencias" como él llamaba a todo lo que yo hacía. La verdad era que le guardaba cierto respeto, respeto que más bien era una mezcla de asombro, resentimiento y rabia. Por eso disfrutaba desafiarlo, me satisfacía patearle los huevos cada que vez que podía. Me importaba una verga su bravata o el castigo que inevitablemente me esperaba.

—*El ejército es una burla, una lastimosa muestra del poder* —leyó en voz alta y volvió a mirarme condenándome con la mirada. Continuó leyendo esta vez para sí mismo.

El ejército se presenta como una roca, como los invencibles protectores del Estado, los guardianes de la justicia y la verdad. ¡Valiente pendejada! cuando en realidad sus miembros al igual que todos los representantes de la Unión de Nuevas Naciones valen lo mismo que la mierda. ¡Me cago en sus madres y me limpio el trasero con ellos, manada de payasos con uniforme y medallitas ridículas! Es cierto que el ejército dirige el cuerpo de combate que se enfrenta a las líneas enemigas y es necesario para refrenar la agresividad del pueblo, pero les falta talento, astucia y ferocidad. El festín que se celebra en el Anfiteatro no es suficiente, entretiene y sirve para asustar a las masas, pero no resuelven los problemas que sufre el Estado, el mundo entero. Ya es hora de actuar, de juntar inteligencia, fuerza y poder para atacar el problema y hacerle un favor a la humanidad. Contamos con los recursos necesarios, inventos poderosos y el equipo militar que deben usarse en actividades más efectivas. Este mundo necesita una renovación, una limpieza completa. No es posible que nos mantengamos indiferentes frente a la miseria, testigos mudos de la multiplicación de la indigencia que nos arrastra a la caída total. Sabemos que la pobreza es el mayor problema que enfrentamos todos los miembros de la sociedad y debemos ponerle fin. La pobreza genera y propaga toda clase de males como son la inmundicia, las enfermedades, los vicios, la brutalidad, la delincuencia, la violencia. Los pobres son las ratas, las cucarachas, las alimañas del planeta. La pobreza es una tara, una lacra, una maldición, no solo impide el avance natural de la humanidad, sino que crece de forma incontrolable. Una pareja de pobres produce cientos más de pobres, cientos más de maleantes, cientos más de tarados, miles de miles de hijos de putas. Es nuestro deber,

nuestra obligación social y moral, acabar con la pobreza
de una vez por todas y la única manera de hacerlo es
eliminando, matando, pulverizando a los pobres.

El General dejó de leer. Me miró sin pestañar,
sin mostrar ninguna emoción. Me fue imposible
descubrir qué estaba pensando. Siempre fue así,
levantaba una barrera infranqueable a su alrededor.
Nunca comprendería por qué Ami aceptó vivir con
él. Ojalá que mis escritos lo hubieran, por lo menos,
sorprendido. ¡Qué ganas de fregarle la vida!

—¿Eva te volviste loca o qué? No tienes idea de
lo grave de esta situación, no sólo faltas el respeto a
la UNN, sino que humillas al ejército. ¿Cómo se te
ocurrió escribir algo tan sucio y brutal como esto? Me
dejas... pasmado —dijo como hubiera dicho cualquier
otra cosa, pero dijo pasmado. ¿Pasmado? Recordé
cuando el año anterior, justo al cumplir los quince,
me llevó con él en una "misión de reconocimiento" por
uno de los muchos barrios marginales. Al comprobar
el estado de miseria en que vivía multitud de gente,
asqueado estuvo a punto de vomitar y en voz alta
comentó: *Esos marranos no son seres humanos, son ratas.*
Haríamos bien si los sacamos del camino. Y ahora, solo
un año después, se pasmaba y preguntaba cómo se me
ocurría escribir de la realidad que habíamos palpado y
la solución más eficaz al problema.

—No entiendo por qué te sorprendes, como si
lo que digo fuera algo novedoso. El director se asusta
porque propongo soluciones grotescas y crueles como
si el tipo de actos que se presentan en el Anfiteatro
fueran tiernos y graciosos. Quitémonos la careta y
dejemos de fingir. ¿Por qué no utilizar al ejército para
combatir esa plaga de una vez por todas, si lo que hace

el ejército es matar? Aquí en la Academia se entrena a los futuros asesinos. ¿Padre qué esperabas? ¿qué saliera de aquí a predicar el amor y la solidaridad? —respondí en voz alta, sin alterarme, imitando su manera de hablar.

—Eva... estás equivocada —dijo el General haciendo un gesto que hubiera jurado era de satisfacción y no de reproche—. Los miembros del ejército no son asesinos, cumplen con una misión, preservan la paz, la seguridad y la defensa de nuestra gente, de nuestros territorios. Si en ocasiones se recurre a la violencia es con el único propósito de defender una causa justa, apoyar las políticas del Estado y salvaguardar la integridad de la UNN. Si matan es para superar a cualquier otro gobierno responsable de actos agresivos que pongan en peligro nuestra supremacía.

—Eva, en la Academia capacitamos mental y físicamente a los futuros oficiales. Enseñamos métodos y prácticas militares para crear estrategas excepcionales, personas de carácter, dignos de formar parte del ejército nacional. Parece que tú has captado un mensaje equivocado de nuestros instructores. Pero no te preocupes, nuestra única intención fue que el Inspector de Operaciones tuviera conocimiento de este reporte escrito por tu persona. Los miembros de la UNN no sabrán de este texto —intervino el director como si quisiera disculparse, no ante mí sino ante el General.

—¿Quién más sabe de esta indiscreción? —preguntó el General.

—No creo que el oficial Durand haya comentado o compartido con otra persona un asunto como éste —respondió rápidamente el director.

—Asumo que no existe ninguna copia de este original. Lo responsabilizo de cualquier comentario que surja a causa de estos escritos —dijo el General con el índice puesto en la cara del director. El hombre secó la frente húmeda con la mano repitiendo entre balbuceos que no existían motivos para inquietarse. —Eva, ya puedes retirarte y continuar con tus lecciones del día. El director y yo tenemos cosas que discutir —añadió el General dando la conferencia por terminada.

Salí no sin antes cuadrarme delante del director como exigía el reglamento. Después fui silbando por el pasillo contenta conmigo misma. ¿Qué pensará el General cuando siga leyendo el resto del escrito? me pregunté divertida. Por supuesto que de alguna manera lo utilizaría en mi contra. Por algo el General era un maestro en las artes de la tortura, pensé con cierta inquietud, pero luego me dije que no importaba el castigo si lo había fastidiado. Ahora me tocaba esperar la pataleta del General por haberlo hecho perder el tiempo no sólo con mis "insolencias" sino con mis indiscreciones. De repente me detuve y se me acabó la silbadora cuando por mi mente pasaron las palabras del director: *Los miembros de la UNN no sabrán de este texto.* Había metido la pata, había cometido un gravísimo error poniendo por escrito lo que me cruzaba por la cabeza. Ese documento nos inculpaba tanto a mí como al General. Los miembros de la Unión podrían llegar a creer que yo había escrito esas páginas influenciada por sus ideas, podrían destituirlo y perder la impecable posición como Inspector de Operaciones en los centros principales de la UNN. Seríamos considerados enemigos y podrían castigarnos, incluso volarnos la cabeza. *No, no va a pasar nada*, me dije para calmarme, el director había dicho que no me preocupara. ¿Y si los miembros de la UNN llegaban a enterarse?

Al regresar al salón Antón y Joaquín me miraron levantando las cejas intrigados, preguntándome, sin palabras, qué había pasado en la oficina del director. Con un gesto les dije que lo sabrían luego. Tomé asiento mientras mi mente corría a mega velocidad. Necesitaba con urgencia ingeniarme un plan para evitar una posible decapitación por abrir la bocota, por deslenguada. Con horror vi mi cabecita volando por los aires.

Al salir de clases el oficial Durand me detuvo por unos minutos para decirme que su obligación era reportar comentarios que pusieran en entredicho o dañaran la imagen de la Unión. Le dije que había hecho lo correcto y salí a encontrarme con mis amigos.

—Estoy hundida. Me han acusado de escribir idioteces e insultos contra el Estado y el ejército. Ahora temo que me condenen a la horca o me metan un balazo entre los ojos —dije alterada, realmente preocupada.

—Tu padre es Inspector de Operaciones en los centros principales del Estado y va a protegerte —dijo Antón candorosamente pensando que las cosas del Estado se resolvían con palabras.

—Él también corre peligro. Necesito que me ayuden a secuestrar a Durand y al director antes de que hagan llegar el texto comprometedor a manos de los miembros de la UNN.

Después de ultimar los detalles, urgentemente pusimos el plan en marcha para impedir que los escritos llegaran a manos de las autoridades. Antón se encargó de amistosamente conducir a Durand hasta el vehículo estacionado fuera de la Academia mientras lo apuntaba con la pistola debajo de la casaca. Dos horas más tarde mis dos amigos sorprendieron al director mientras entraba a su carro, lo detuvieron y obligaron a entregarles las llaves de su oficina para así rescatar los papeles comprometedores. Durand y el director fueron amordazados y trasladados al galpón secreto donde celebrábamos las bacanales y que estaba convenientemente desprovisto de cámaras de vigilancia.

Antón, entre muchas de sus cualidades, era eficiente realizando todo tipo de trabajo sucio y además contaba con un excelente sentido del humor. Una vez que Durand y el director fueron secuestrados y nos consideramos fuera de peligro, Antón decidió jugar una de sus bromas.

—Ya no debemos preocuparnos, tenemos los papeles y a los informantes en nuestras manos. Dejemos estas caras de dolientes para otro momento y vamos a divertirnos un poco con este par de lenguas largas —dijo pidiendo a Joaquín que golpeara los tambores mientras yo y él despojábamos del uniforme al estricto director y lo encadenábamos de pies y manos a una cama—. Honorable director usted ha tenido unos huevitos muy pequeños para un puesto tan grande —comentó gozoso—. Y usted oficial Durand es mejor que no vea esas vergüenzas —añadió sacándole los lentes. Los tres echamos la carcajada seguros de tenerlo todo bajo control. Antes de despedirnos nos pusimos de acuerdo para regresar a las tres de la madrugada, una buena hora para darles el andavete y abandonar sus honorables despojos en los túneles clausurados que separaban la ciudad de Los Pantanales. No podíamos llevarlos hasta los basureros del Anfiteatro porque era peligroso.

Yo había tratado de dormir sin conseguirlo, el caso era grave y no podía sentirme tranquila hasta ver a esos dos bocones fuera del panorama. Antón y Joaquín tampoco habían podido dormir y pasaron a recogerme media hora antes de lo convenido. En el camino nos echamos una que otra broma tratando de mantenernos serenos. A los tres se nos acabaron las carcajadas cuando encontramos las puertas del galpón sin los candados que nos habíamos asegurado de poner a la cerradura. Al entrar y no encontrar a los dos oficiales creí que el piso se movía bajo mis pies, un sudor frío me corrió por la espalda y sentí pavor. Eso significaba que las autoridades conocían no sólo de mis escritos sino de los secuestros. En pocas horas sería detenida, interrogada y torturada.

—Compañeros es mejor separarnos. Asumo toda la responsabilidad, confesaré que todo fue idea mía —dije dudando de mis palabras porque sabía que por mi culpa los dos muchachos enfrentarían el mismo castigo.

—Opino que continuemos juntos. No tenemos escapatoria, nos castigarán a los tres —dijo Joaquín con valentía.

—Somos responsables por los secuestros, de ese crimen solamente el Todopoderoso puede librarnos —intervino Antón asustado.

—Pase lo que pase siempre estaré a tu lado —aseguró Joaquín abrazándome.

—Siempre estaremos a tu lado apoyándote en todo momento —dijo Antón uniéndose al abrazo. Me conforté saber que contaba con el respaldo de mis dos amigos. Respondí a sus muestras de solidaridad segura de que era un cadáver abrazando a dos muertos. Conscientes de nuestras acciones, de común acuerdo, los tres decidimos esperar en el galpón para ser arrestados.

Pasaron horas sin que lo temible sucediera. Sugerí a los muchachos llegar a la Academia. Hasta no saber qué había ocurrido podíamos fingir inocencia para no levantar sospechas. Los dos estuvieron de acuerdo. Un poco después de salir del galpón un camión se nos atravesó en el camino obstaculizándonos el paso, minutos más tarde escuchamos un estruendo, pero no le hicimos mayor caso porque eso de las explosiones se daban en cualquier momento.

—¡Todopoderoso protégenos de todo mal! —exclamó Antón, que, fervientemente, creía en los poderes del Salvador del Mundo.

En el camino, a la distancia, descubrimos una espesa humareda que se levantaba y crecía tocando y manchando el cielo de negro. En el aire empezó a sentirse un tufo a carne chamuscada. A medida que nos acercábamos a la Academia pudimos notar como un escuadrón de soldados impedía el paso de las personas que intentaban aproximarse a la zona afectada.

—Ya vamos retrasados y con todo este gentío no podemos avanzar —dijo Antón preocupado—. Se darán cuenta de nuestra ausencia y eso los pondrá a sospechar de nosotros.

—¿Qué pasa? —preguntó Joaquín a un hombre que gesticulaba en medio de los curiosos. Según decía había estado en las inmediaciones.

—Hace unos minutos hubo una explosión en la Academia, ahí donde entrenan a los oficiales.

—¿Cuál fue la causa? —averiguó Antón.

—Según dice la gente fue causado por explosivos potentes porque de la Academia ya no queda nada. Hay pedazos de cuerpos regados por todo lado.

—¿Pedazos de cuerpos? —pregunté sorprendida. Al no obtener respuesta pedí a Antón ir de reversa y alejarnos del lugar.

—Pudimos ser nosotros, los muertos pudimos ser nosotros —dijo Joaquín obnubilado, con los ojos desorbitados, sin creer lo sucedido. Entró en pánico al descubrir la magnitud de la tragedia.

—¡El Todopoderoso nos ha salvado! —exclamó Antón levantando las manos en señal de agradecimiento. Sugirió unirnos a la patrulla de rescate. Como estudiantes de la Academia teníamos el entrenamiento necesario para actuar en casos semejantes—. Quizás podamos encontrar cuerpos con vida —añadió consternado.

—No te atrevas a proponer estupideces, no te das cuenta del mierdero en el que estamos metidos ¿Cómo vamos a explicar nuestra ausencia en la Academia? Es mejor que las autoridades piensen que estuvimos enfermos, que regresamos a casa y no pudimos asistir a las clases. Vámonos rápido antes que descubran que estamos juntos.

Las investigaciones señalaron que no había sobrevivientes. La fuerte explosión se produjo a las cuatro y cincuenta de la mañana, hora en que los participantes ya se encontraban en el ejercicio de sus funciones. Según los informes la causa del siniestro fue un desperfecto eléctrico en el cuarto donde se almacenaba dinamita, polvo negro y otras sustancias altamente explosivas. Yo y mis compañeros nos mantuvimos en la sombra para no levantar sospechas, los tres nos guardamos muy bien de no nombrar al director y a Durand porque nos convenía que se creyera que habían volado por los aires juntos con el resto de víctimas. Por un momento Antón y Joaquín se dedicaron a celebrar que el desastre nos había salvado de ser ajusticiados olvidando por completo a los dos secuestrados. ¿Qué había sucedido con ellos? No pudieron haberse esfumado en el aire. La cosa estaba peliaguda, empecé a sospechar que detrás de todo esto había algo feo que pronto me saltaría encima.

Hasta saber que iba a pasar conmigo ya que la Academia no existía y que el General brillaba por la ausencia, me la pasaba encerrada en mi cuarto. Me sentía como una fiera acorralada, me molestaba horriblemente saberme amenazada, no tener el control sobre mi vida. En cualquier momento se sabría de los secuestrados porque alguien tuvo que haberlos liberado. Prisionera dentro de esas cuatro paredes barajaba los posibles castigos que iba a recibir. Perder la lengua era la opción de la que no podía escapar y todo por atreverme a desaprobar las acciones del Estado y sugerir medidas más adecuadas. Tenía razón Joaquín cuando afirmaba que era ridículo no poder decir lo que uno pensaba y tener que aceptar que lo impuesto por un grupo era lo conveniente y la absoluta verdad. Yo me sentía igual que él y creía que podía ser la persona que me diera la gana y no la heredera del puesto del General y la servidora obligada del Estado. Igual que él me sentía como si estuviera encerrada en un cuarto oscuro, sin puertas ni ventanas cuando lo que deseaba era volar y gritar y hacer mi regalada voluntad. Y pensar que solo tenía dieciséis años, lo cual significaba que, si no me mataban, me esperaba una vida entera para vivir sometida. ¿De qué me valía pertenecer a una clase "superior" si lo que se esperaba de mi era servir al Estado, ser un guerrero más? La Generala y los maestros afirmaban que los marginales no eran vigilados de igual manera porque eran animales, les faltaba inteligencia y era una pérdida de tiempo enseñarles buenas costumbres y como pensar. ¿Y si escapaba a Los Pantanales? Ahí no sería obligada a nada… Inmediatamente deseché la idea. ¡Oh, no! prefería mil veces volarme los sesos que vivir entre esas asquerosas ratas que odiaba con todas mis fuerzas.

La Generala que nada sabía sobre el manuscrito que me había metido en apuros, nada sobre los secuestrados, intentó sacarme de mi encierro con sus griteríos.

—¿Qué mierda te importa toda esa gente que murió en la explosión? ¡Esos muertos no son tu problema! ¡Sal de ese cuarto de una maldita vez! Si quieres imponerte en este mundo necesitas aprender a conocerlo y enfrentar los hechos con coraje. —La Generala hablaba de imponerse cuando un hacha colgaba sobre mi cuello, me dio rabia y pagó los platos rotos. Abrí la puerta y llamé al perro.

—¡Cállale la boca a esa maldita mujer! —grité fuera de control. Al escuchar mi mandato el asesino animal vino corriendo y se lanzó sobre ella. Antes de que sus colmillos encontraran la yugular de la vieja saqué la pistola y no me quedó otra que matarlo. La Generala fue a dar al centro de salud con serias heridas y el General continuaba sin dar señales de vida. Seguramente ya sabía que yo no estaba entre los que se hicieron papilla durante la explosión y no le importaba. ¿Y si era él quién estaba hecho trizas?

Después de tres semanas de sobresaltos, de locura, de ver mi preciosa cabecita rodando por el piso, hecha un revoltillo de sesos, dos soldados, que bien podían ser mis verdugos, vinieron a buscarme a casa para llevarme a las instalaciones donde funcionaban las oficinas centrales de la UNN. Lo primero que pasó por mi mente fue: *Ya lo saben todo y ahora sí, lengua y cabeza fuera contigo.* Por más ínfulas de temeraria e insolente que presumiera sentí que la sangre se me congelaba en las venas. Aun así, como siempre, me dispuse a enfrentar lo que viniera y a portarme como si fuera "La mata siete" como me llamaba Ami. Era la primera vez que estaba en ese lugar. La mole de diez pisos que era el edificio principal, viejo, pesado y sombrío, estaba resguardado por altas y puntiagudas rejas metálicas además de un escuadrón completo. Un enorme grabado del Todopoderoso adornaba el vestíbulo. El rostro hermafrodita del Salvador del Mundo sonreía encima de aquellas poderosas palabras: "Yo soy tu protector. Nadie es feliz ni tiene justicia sino por mí". Las cámaras de vigilancia se encontraban en todos los pasillos que cruzamos. Al llegar al quinto piso los soldados me escoltaron hasta a una oficina que bien podría ser el cuarto de torturas. Uno de los soldados tocó a la puerta pidiendo permiso para entrar. Dentro nos encontramos frente a un voluminoso escritorio y tras él un hombre que de espaldas miraba fuera de la ventana. *Sé que de aquí no salgo con vida*, pensaba cuando el individuo dio la vuelta y me encontré con la cara del General. En cuanto los hombres salieron, lo enfrenté furiosa. No me faltaron las ganas de echármele encima y zamparle los dientes.

—¿Por qué me has hecho traer aquí como si fuera una condenada a muerte? —pregunté—. Estoy harta de que me trates como si fuera una caca —añadí, no para sorprenderlo sino porque quería insultarlo.

—¡Compórtate! Deja tus insolencias para otro momento que aquí no te sirven para nada. Estás aquí porque quiero hablar con una servidora del Estado y no con mi hija. Ya es tiempo de que comprendas que tu misión es de responsabilidad y no puedes andar por ahí cometiendo errores y haciendo estupideces. Podrías estar encarcelada o muerta por criticar a la UNN y sus sabias decisiones, por dar consejos estúpidos. Actuaste torpemente, tienes que aprender a ser ingeniosa, perspicaz, a proponer soluciones sutilmente. Jamás pongas por escrito lo que puede perjudicarte y si lo hiciste destruye toda evidencia. Escúchame bien Eva, desde este momento eres perfecta. Eres perfecta y que nadie se atreva a ponerlo en duda sin que sufra las consecuencias.

—No me has buscado, no sabías si había volado por los aires en mil pedazos. Lo único que te importa son los asuntos del Estado.

—No tengo que darte explicaciones, pero quiero que sepas que vigilo todos tus pasos. Durand está encerrado en un calabozo de este edificio esperando la que será tu decisión cuando estés lista. El director ya pagó por sus mentiras. Lo que voy a decirte tómalo como una orden y grábalo en tu cabeza: No puedes confiar en nadie. ¿Escuchaste? No se puede confiar en nadie. Mira lo que llegó a mi escritorio después de que ese pobre nadie juró que solo existía el original de tu manifiesto —dijo sacando de un cajón del voluminoso escritorio una copia del texto comprometedor—. Era su denuncia a la UNN sin saber que todo, absolutamente todo, debe pasar por mis manos. En cuanto a la Academia, tengo que decirte que sencillamente tuvo que desaparecer para poder eliminar las otras pruebas en tu contra. Encontré evidencias que no supiste eludir, las cámaras de vigilancia registraron el momento que tus compañeros, por muy sigilosos que creyeron portarse, secuestraban a Durand y luego al director. Sin testigos y evidencias nada puede ser probado. Para nuestro beneficio ambos son fáciles de eliminar.

—¿Quieres decir que hiciste explotar la Academia y mataste a tanta gente sólo para borrar evidencias?

—Lo hice para protegerte que es muy diferente. A otros podías sorprender, incluso manipular e intimidar con tus bravatas de "máquina asesina" y todas tus fanfarronadas, pero yo esperaba más de ti. Siempre puse en duda tus instintos, tu talento, pensé que no lograría nada de ti, luego el texto que escribiste y tu actuación me convencieron de que tienes las habilidades y el temple para el liderazgo. Pero poseer cualidades y ánimo no bastan, tampoco son suficientes las destrezas para matar. Esas aptitudes las tiene cualquier soldadito bruto, cualquier verdugo mentecato. Tú necesitas prepararte, instruirte, pulirte, adquirir las tácticas de dominio a y el conocimiento de estrategias necesarias para controlar, manejar y someter a los demás. Mañana mismo empezarás tus lecciones bajo el tutelaje del Maestro Dislam, experto en hechos históricos y competencias que refuerzan nuestras maniobras. Por cinco años vivirás en la propiedad que el Maestro tiene en la periferia.

—No entiendo que intentas decir con mi instinto y liderazgo —dije mientras pensaba que lo que había escrito era para desahogar el odio que sentía por esas asquerosas ratas que mataron a Ami y de paso joderle la vida a él.

—Cuando termines el adiestramiento pasarás a ser mi asistente, trabajarás bajo mi supervisión y en el futuro ocuparás mi lugar junto a los otros miembros de la UNN.

—Entonces si eres un verdadero General.

—El título es lo de menos, lo verdaderamente importante es la labor que realizamos los que estamos detrás del poder —dijo señalando el broche con el ojo dentro de un triángulo que lucía sobre el pecho—. Resulta más provechoso obrar de forma discreta y disimulada para imponer el orden del nuevo mundo con un gobierno totalitario. Nuestra agenda política es la culminación del progreso histórico, es lo que tenemos en el presente: disciplina y control social estricto y absoluto a fin de garantizar el crecimiento y el bienestar de la Unión de Nuevas Naciones.

—¿Van a venir Antón y Joaquín conmigo? —pregunté sin comprender toda esa terminología propagandista que usaba el General.

—Si propones poner a los otros a tu mismo nivel te insultas a ti misma. Preocúpate por tu propio beneficio, por prepararte y cuando te sientas en control ya sabrás decidir por lo que mejor te convenga. Después de leer "tu solución", supe que posees un intelecto superior, que eres la persona necesaria para continuar con nuestro trabajo y lograr el fin que la naturaleza exige: rescatar a los fuertes y liquidar a los débiles —dijo con satisfacción, esbozando lo que parecía una sonrisa—. Tus dos compañeros se instalarán en las barracas junto con los otros miembros del ejército para continuar con el entrenamiento. No podemos desperdiciar el potencial, especialmente de Antón, para el uso de la violencia armada. Tú necesitas las enseñanzas del Maestro, sus vastos conocimientos históricos te van a ayudar no sólo a elaborar estrategias de mando sino a tomar decisiones correctas. Los otros miembros del Estado se creen superiores, pero como el resto son gente común. Ellos no necesitan el conocimiento del pasado, pero para mí y para ti es una herramienta fundamental. Para un líder la historia es un sentido más, desconocerla sería como caminar a ciegas por el mundo.

No comprendí exactamente lo que quería decirme con toda esa palabrería, sólo sabía que por cinco años estaría refundida quien sabe en qué horrible lugar porque él así lo decidía y pensaba que era lo mejor para mí. Para empezar, me entregó un par de uniformes que ya tenía preparado de antemano para mi uso: pantalones y casaca color gris, el mismo que usaban los funcionarios del Estado.

—Debo comunicarte que la abuela fue atacada por el perro y ahora está en el centro de salud —dije por decir algo, sin aclarar que fue por mi culpa. Como él mismo acaba de asegurarme, yo era perfecta y no volvería a permitir que nada me comprometiera.

—No te preocupes de eso, luego veremos qué hacer con ella. Lo importante es que estés preparada porque mañana empieza una etapa nueva y trascendental en tu vida.

—Tuve que matar al animal para salvar la vida de la vieja —insistí con el tema del perro para terminar con los planes "trascendentales" para mi vida.

—Qué agradezca que la mordió un perro, no una rata pulgosa o un adoctrinado arrastrado. Pudo terminar apestada como los millones que murieron en la Edad Media.

—¿Millones murieron por causa de una rata pulgosa?

—Fue lo que se dijo, se les echó la culpa a las pulgas en las ratas para sacar de en medio a millones de miserables poca cosa. Como es natural desconoces mucha información, ya el Maestro se ocupará de ponerte al tanto de todas esas cosas del mundo que necesitas conocer. Debes saber sobre los eventos que nos han traído a esta nueva era y desarrollar el sentido histórico necesario. Repito, sin ese sentido actúas igual que si fueras ciega y sorda. En la Academia como en cualquier otra escuela sólo se enseñan insignificancias y muchas mentiras. Lo que la gente común, los oficiales y los oficialitos necesitan para funcionar "adecuadamente" en la sociedad.

—No comprendo. ¿Cuál es el motivo para ocultar esa información histórica inclusive a los protectores del Estado?

—Nadie tiene derecho a conocer. La gente no necesita saber. Nos conviene que esos mequetrefes, el pueblo y todo el mundo desconozca la verdad, que no piensen ni pregunten, que tengan miedo, que se sientan inseguros y necesitados. Lo que se hizo en el pasado estuvo equivocado. No tienes idea de lo que nos ha costado eliminar información y tratar de corregir desaciertos. Ya las explosiones de las bombas durante la Gran Guerra lograron derrumbar y destruir edificios, monumentos y toda clase de vestigios arqueológicos, o sea indicios de las civilizaciones antiguas. Nos tocó a nosotros, años y años, acallar a los testigos del pasado, destruir libros, documentos, datos, revelaciones que en épocas pretéritas estaban al alcance de cualquier pelagatos causando la alienación de la sociedad. Si bien la Guerra nos heredó un mundo atroz también nos ayudó a dejar atrás la pestilencia de siglos, a empezar otra vez, a poner las cosas en su sitio y contar la historia a nuestra conveniencia.

—Entonces no fueron los "ratunoides" los bestias que destruyeron los edificios sino las bombas durante una guerra. Entonces si existieron civilizaciones avanzadas antes que la nuestra. Los cuentos que me hizo la vieja son verdaderos, Roma y los Estados Americanos si fueron potencias que cayeron en decadencia.

—Así es. Con el Maestro conocerás la magnificencia y el esplendor que adquirieron diferentes civilizaciones, la relevancia de ciertas ideas y hechos, la grandeza de innumerables personajes. Asimismo, conocerás de las cochinadas que se cometieron por egoísmo, soberbia, torpeza y ambición. Eva, debo confesarte que me sorprendiste gratamente. Con lo poco que conoces pudiste figurar una gran verdad: La proliferación de los marginales es la causante de todos los males que sufre nuestra sociedad. Los pobres, los miserables, los apestados, han sido un problema que la humanidad ha soportado todos los tiempos. Sin embargo, hoy la situación es intolerable, gravísima, y por nuestro propio bien no podemos permitir que esa plaga siga creciendo, nos destruya y nos conduzca al estancamiento. Con esa intuición y astucia naturales, añadidas a las enseñanzas del Maestro lograrás las habilidades necesarias para convertirte en una sagaz estratega. No dudo que inclusive llegues a superarme y convertirte en una líder. Decididamente eres mi hija, los dos pertenecemos a ese grupo de escogidos que sabe no sólo donde dirigirse sino como imponer su voluntad. Para aquellos que se resisten a obedecernos se inventaron la horca, la cruz, la guillotina, las armas de fuego y los materiales de destrucción masiva —dijo con una sonrisa extraña en los finos labios, una sonrisa muy parecida a la del hermafrodita Todopoderoso.

Con el Maestro aprendí cinco grandes lecciones que me servirían el resto de la vida. Primera: Dios es necesario. El ser humano tiene necesidad de creer en algo superior a sí mismo y crea a un dios dispuesto a escuchar, socorrer, consolar y ofrecer esperanzas de una vida mejor. Ante ese dios se inclina, se arrastra y delega responsabilidades. Segunda: El líder aprovecha esa necesidad de protección y sumisión, se presenta como ese algo superior de manera tangible y controla a través de él. Tercera: El poder y la autoridad pertenecen a una sola persona y esa persona que es el líder nunca se equivoca. Cuarta: Mantener a las masas ignorantes, lo suficientemente estúpidas para que acepten, sin ofrecer resistencia, cualquier exigencia u orden que se les imponga. Quinta: Siempre tratar de detectar las debilidades en los demás y utilizarlas a tu favor.

El Maestro vivía en las afueras de la ciudad. Cerca había un acantilado, claramente se escuchaba el rugido de las olas al golpear contra las rocas. La propiedad estaba cercada con alambrado de púas y custodiada por una veintena de soldados, cinco perros enormes y cinco cámaras de vigilancia colocadas en puntos estratégicos. La casa era pequeña pero rodeada de comodidades que yo nunca había visto en otra vivienda, ni siquiera en la nuestra que era uno de los muchos apartamentos en los edificios centrales. En la propiedad había huertos, terrazas, un invernadero, cinco caballos, una alberca. En la despensa se encontraban café, bebidas aromáticas, chocolates y licores. El padre del Maestro había sido uno de los hombres importantes que, en el pasado, encabezaban la UNN. Contando con este beneficio, más la astucia y la habilidad que le concedían sus conocimientos, el Maestro gozaba no sólo con el respeto de sus jefes sino con su protección y cantidad de regalías. Cuando el General nos presentó quedé sorprendida porque esperaba encontrarme con un anciano, alguien parecido a los sabios de los cuentos de estúpidos niños magos y resultó que Dislam era un hombre todavía joven. Contaba unos cincuenta años, era de mediana estatura, dueño de un cuerpo fofo, una gran papada y rollos de grasa en la barriga. El Maestro fingía la voz para darle cierta entonación femenina y cada cierto tiempo secaba la comisura de los labios con un pañuelito color rosa a la vez que ponía en orden los artificiales rizos. Desde el primer momento que vi al tipejo me resultó detestable, repugnante, y creí que no debía confiar en él. Algo en su mirada y en sus palabras de adulo me dijeron que estaba delante de un arrastrado y taimado carroñero.

—Señor Inspector, sabe que soy un fiel colaborador y siempre a sus órdenes para cumplir con lo que me pida —dijo inclinándose en una profunda y aparatosa reverencia después de que el General le explicara detalladamente las exigencias que demandaba mi educación—. Estoy seguro que Eva debe ser igual de inteligente, sagaz y objetiva que su padre —añadió sin mirarme porque su interés era halagar al jefe. El General, que ahora trataba temas referentes a su posición delante de mi persona preguntó si había terminado de revisar el comunicado presentado por los doce miembros que formaban la cabeza de la Unión de Nuevas Naciones.

—Dislam, me urge revisar el expediente y encontrar que los informes presentados por los ministros estén enfocados en la relevancia histórica de los hechos. Son documentos que servirán para la posteridad —demandó el General.

—Señor Inspector, estoy trabajando en ellos, haciendo los arreglos necesarios para que las declaraciones coincidan eficazmente. Usted sabe que la historia siempre va a depender de quien la cuente y la mayoría de las veces lo que dice cada uno es mentira —respondió el Maestro esbozando una sonrisita taimada que me hizo pensar que un hombre desvergonzado como él podría ser peligroso para la seguridad del Estado. Afortunadamente el General era un zorro y caminaba delante.

—Recuerda que la memoria no es compartida. Recuerda también que una mentira dicha consistentemente llega a ser la verdad y después ya a nadie le importa —dijo el General apretando un botón que lo ponía en comunicación directa con una de las cámaras que recorría la casa del Maestro.

Como ya lo había dicho la Generala nuestro mundo contaba con una historia de siglos donde civilizaciones y hombres habían dejado su marca, pero que después de la Gran Guerra, prudentemente y, como medida de seguridad, se escondía y negaba. El Maestro me explicó la imperiosa necesidad para tal decisión.

—El hombre común hace mal uso de la información, de las innovaciones y para protegerlo de sí mismo es mejor que desconozca el pasado. Al no tener con que comparar, las masas se mantienen sanas y salvas creyendo que viven en el mejor de los mundos. Además, al no tener de donde copiar ideas difícilmente pueden rebelarse —dijo el Carroñero—. Pero tú, una persona privilegiada y extraordinaria, puedes sacar provecho de ese conocimiento —añadió pensando que podía adularme—. Vinos, manjares y placer es todo lo que pido, una limosna por mi contribución. —Sus últimas palabras me convencieron de que el Maestro ya era hombre muerto, de sacarlo de este mundo ya me encargaría a su debido tiempo. No respondí para no escupirlo mientras pensaba que Egipto, la civilización sobre la que estaba conociendo en ese momento, sus faraones, sus jeroglíficos y sus tumbas eran fantasmas perdidos en un lejano pasado, y todo para evitar la enajenación de la gente.

Dos meses después de empezar las lecciones, el General nos acompañó al piso nueve donde desconectó la alarma antes de correr una malla plegable y luego la pesada cerradura de un portón de madera labrado con arabescos. Quedé paralizada en el umbral sin poder pegar los labios mientras mis ojos recorrían los anaqueles llenos de libros que se encontraban en ese piso. *Esto no es posible, la gente en el pasado era salvaje y no era capaz de producir una obra transcendente o bella*, recordé la respuesta de Durand cuando le comenté que quizás en el pasado las cosas fueron diferentes y la gente si pudo escribir sobre, no sé... la naturaleza humana, sus aspiraciones, sus inquietudes. Tomé un libro, luego otro y otro. Libros que no eran un manual militar, un tratado de leyes del Estado, o historietas idiotas de niños magos. El General me advirtió que contaba con dos horas diarias para leer el texto que el Maestro estimara conveniente y quedaba totalmente prohibido sacar un libro fuera del salón.

—Tenemos que evitar a toda costa que proposiciones malsanas corrompan el espíritu del pueblo. Las ideas contenidas en esas páginas son contraproducentes para la salud mental de las personas —dijo el General y el Carroñero me miró y sonrió burlonamente como diciendo: *Te lo dije, así la gente incapaz de comprender lo que está pasando acepta lo que se le imponga.*

—Las palabras impresas en esos libros son poderosas y muchas veces destructivas. Pueden provocar el delirio y llevar a la gente a cometer imprudencias —dijo el Carroñero en voz alta mientras se dirigía a uno de los anaqueles. Seleccionó *La odisea* para que las dificultades que el héroe Ulises tuvo que enfrentar durante los veinte años que le tomaron regresar a casa sirvieran de base al estudio de la antiquísima civilización griega.

El Maestro era un amante de la Roma y sus emperadores. Pretendía ser un romano imperial, por eso, dentro de casa, y copiando los grabados que representaban la época, usaba toga, sandalias de cuero con cordones ajustados a los tobillos y un cintillo alrededor de la cabeza. Teatralmente repetía palabras de Cayo Julio Cesar: *Alea iacta est. Veni, vidi, vinci. Es la ley de la guerra que los vencedores traten a los vencidos a su antojo.* Unas veces se sentía Julio César y otras Nerón. *Hoy me siento inspirado, con deseos de echar al fuego todo lo malo en el mundo y de purificarme,* decía mientras pulsaba las cuerdas que el mismo había templado en un marco y entonaba canciones ridículas frente a una fogata ardiendo en el patio. Un atardecer, uno de los soldados que resguardaban la propiedad llegó con cinco pequeños. Los muchachitos fueron los invitados a la fiesta que el Carroñero celebró junto a la alberca. "Dejad que los niños vengan a mi" exclamaba el infame bellaco levantando ambos brazos al cielo. La decoración del patio me recordó "El jardín de las delicias", porque igual que el burdel estaba adornado con jarrones, canapés y dibujos de hombres desnudos coronados con olivos. Esa noche el Carroñero presumió ser Tiberio y como él mismo narrara que hacía el emperador, reía divertido viendo como los niños de siete, ocho y nueve años nadaban desnudos en la pileta. "Mis pescaditos" los llamaba y les hacía monerías mientras se atragantaba de vino. Más tarde escuché gritos y, curiosa, me asomé a la ventana del que era mi aposento para mirar que estaba ocurriendo. Con asco vi como el enajenado viejuco manoseaba y violentaba la frescura de los cuerpos infantiles.

Cinco meses de compartir con el Maestro y ya no lo soportaba. El Carroñero era excelente describiendo eventos y personajes, pero sus comentarios y extravagancias me tenían harta. Me era difícil ocultar la repugnancia y el desprecio que me provocaba. Creo que el cerdo pudo leerlo en mi comportamiento porque en más de una ocasión utilizó algún hecho histórico para mandarme puntillas. *Una persona que se considera inteligente trata de granjearse la simpatía de la gente que la rodea si es que no quiere tener una mala experiencia. Ni el hombre más poderoso puede dormir seguro si tiene enemigos cerca*, comentaba maliciosamente y luego haciéndose el inocente esbozaba esa sonrisita pendeja y socarrona que empecé a odiar con el alma.

En cierta oportunidad entre carcajadas dijo: *Grandes figuras no lograron escapar del desquite de los resentidos. Julio César, Lincoln, Kennedy y tantos otros fueron asesinados. Y mujeres que tuvieron el mundo en sus manos no lograron escapar del justo castigo. Cleopatra recurrió a una serpiente para evitar que la atraparan con vida y a María Antonieta le volaron la cabeza en la guillotina. Esos son pocos ejemplos que demuestran que no hay enemigo pequeño.* Ese comentario perverso, sobre personajes muchos de ellos que aún desconocía, rebosó el vaso y al día siguiente pedí hablar con el General.

—Dijiste que cuando se presentara el momento oportuno podría decidir qué hacer con el oficial Durand. El Maestro puede en cualquier momento sufrir un accidente y será necesario encontrar personas que lo reemplacen. Durand no sólo es fiel al Todopoderoso y obediente a las leyes del Estado sino una persona intachable y competente.

—Por dos veces Durand ha denunciado tu comportamiento insolente ¿Aun así, lo propones para que siga a tu lado?

—Que denunciara mi comportamiento nos dice que Durand es incorruptible, leal a sus principios, no se amedranta ante las amenazas ni acepta sobornos, sabe cumplir con su trabajo. Otra persona que también puede beneficiarse con las lecciones y en un momento dado reemplazar al Maestro es Joaquín. Él es un joven cabal e inteligente. Reconocerá que las ideas son perjudiciales y sabrá defender nuestro compromiso para salvar a la gente de la contaminación que, sin remedio, llevaría al mundo entero a la destrucción. Dislam es un tipo peligroso y tarde o temprano nos complicará la vida.

—Conozco a la gente y sé que el Maestro podría tener malas intenciones. Ya he tomado cartas en el asunto, Dislam es vigilado las veinticuatro horas del día. Sé muy bien que aún dormido ese hombre es una amenaza. En cuanto a tu propuesta permíteme informarte que cada cierto tiempo escogemos y preparamos a una o dos personas para que asuman ese trabajo delicado y peligroso. La selección es un proceso largo y arduo que requiere un escrutinio escrupuloso. Varios de los candidatos no sólo para recibir la secreta información histórica sino los conocimientos científicos y la tecnología armamentista murieron en la explosión de la Academia. Por esa razón, y en este caso, voy a considerar tu recomendación. Durand y Joaquín tienen que saber que esa posición precisa las aptitudes y virtudes de un misántropo, vivirán aislados y no volverán a mantener contacto con parientes y amigos. Los datos que van a manejar son peligrosos y no pueden ser difundidos. Durand es un buen candidato, sin embargo, encuentro que Joaquín es inmaduro. Por el momento él solamente participará en las clases de conocimiento general y de lecturas inofensivas hasta que demuestre que es merecedor de esa distinción.

Ese mismo momento fui a visitar a Durand en el calabozo donde estaba encerrado por seis meses. Al verme entrar en compañía de un soldado el cegatón palideció, con manos temblorosas ajustó los lentes sobre su nariz bronca creyendo que había llegado el día de que le mocharan la cabeza. Ordené al soldado que saliera y ya a solas pedí que tratara de calmarse, uní mi voz a la suya para infundirle confianza y juntos repetimos el voto de fidelidad: *Juro lealtad a ti Todopoderoso, Salvador del Mundo. Gracias por tu bondad y sabiduría, por darme la salud y la alegría. Gracias por suplir...*

—¿Vienes a vengarte de mí? Yo sólo hice mi trabajo —dijo confundido y temeroso. Ni siquiera el juramento al Todopoderoso había logrado apaciguarlo.

—Siéntate y cálmate de una vez o vas a hacer que me arrepienta. Sé que eres un hombre leal, que asumes riesgos, que eres capaz de matar y matarte antes que traicionar al Estado. Lo que vengo a ofrecerte requieren fortaleza, seguridad en ti mismo, claridad de pensamiento y discreción. He visto en ti todas esas virtudes y no creo haberme equivocado, por eso desde mañana empezarás a recibir el conocimiento que necesitas para tu nuevo oficio —dije y Durand receloso se encomendó al Salvador del Mundo. Llamé al soldado para que nos regresara a las oficinas del Inspector de Operaciones.

Sin atinar a pronunciar una palabra, Durand abría y cerraba la boca cuando el General confirmó que yo lo había escogido para cumplir con una misión importante y secreta. Temblando de pies a cabeza y sin ocultar su desconcierto agradeció mi deferencia.

El General ordenó traer a Joaquín a una de las oficinas del edificio central de la Unión para que yo hablara con él. Joaquín entró al cuarto resguardado por un soldado, con la cabeza hundida en el pecho; intentaba, sin lograrlo, controlar el temblor de las manos. Al escuchar mi voz levantó la cabeza y se me quedó mirando con la boca abierta, sin poder creer que me tenía delante.

—¿Qué haces aquí? ¿Por qué usas ese uniforme? —dijo sin comprender, mirando de un lado al otro—.

¿Dónde estabas metida? Antón y yo pensamos lo peor, creímos que te habían metido en un calabozo o que te habían esfumado.

—Ya ves, estoy aquí viva y entera. No es fácil deshacerse de mí, después te lo explico —dije en tono jocoso y riendo le agarré ambas manos—. Espero que hayas seguido mi consejo y no te hayas ido de lengua sin darte cuenta del peligro que significa expresar los pensamientos en voz alta.

—Sé que es un error pensar en cosas imposibles y peor si están prohibidas por el Estado. Fui un estúpido —dijo mostrando arrepentimiento. Temeroso, sus ojos buscaron las cámaras de vigilancia instaladas en la oficina.

—No te preocupes podemos hablar sin problemas, la cámara de vigilancia en este cuarto no está funcionando —dije mostrándole el interruptor apagado—. Ahora relájate y respira profundo porque lo que voy a decirte es increíble. ¿Qué me responderías si te dijera que estabas en lo correcto en cuanto a la posibilidad de un mundo diferente a éste en el que vivimos? Qué ese mundo si existió y que tú podrías conocerlo.

—¿De qué estás hablando? Ya sé, te sometieron a experimentos, trastearon con tu cabeza y ahora dices disparates.

—Mi padre, el Inspector de Operaciones, es una persona más influyente de lo que yo pensaba. Ahora estoy en posición de hacer algunas decisiones y te he escogido, mi mejor amigo, mi hermano, para participar en un grupo selecto. Mañana mismo se abrirán para ti las puertas de ese mundo desconocido que intuías. Eso sí, nadie puede saber de qué se trata esto. Antón sabrá que, así como él fue seleccionado para formar parte del ejército que resguarda el edificio principal del Estado, igualmente nosotros fuimos elegidos para recibir entrenamiento especializado —dije y luego le hice saber que la desaparición de Durand y el director no tenía nada que ver con la explosión y que todo era pura coincidencia —. El oficial Durand también ha sido seleccionado a formar parte del grupo.

Un acto de conspiración, traición y rebeldía contra el Estado merecía un castigo ejemplar. Por varios años no había asistido a las fiestas que se hacían en el Anfiteatro para penar acciones criminales. Sin embargo, en esta oportunidad tenía razones de peso para estar presente, debía y quería presenciar el escarmiento dado a los agitadores que junto a Joaquín habían intentado manifestarse contra el sistema.

El Anfiteatro estaba repleto de bote a bote. La función anunciada como especial atrajo la curiosidad de la gente ávida de violencia y crueldad. Fuera del coliseo un contingente militar se mantenía en alerta en caso de que se produjeran altercados. Yo y el General nos sentamos detrás de los doce hombres que representaban al Estado listos a presenciar y disfrutar las ejecuciones. El evento era una novedad, la primera vez que se castigaba por conspiración e intento de insurrección popular. Por tratarse de un acontecimiento especial, en vez de empezar con los saltos y bailes grotescos de un par de bufones, un grupo uniformado del ejército presentó una serie sincronizada de ejercicios militares. Al final de su intervención, en la enorme pantalla colocada en lo alto del entablado apareció el rostro levemente oscurecido de nuestro Salvador. Esta vez el Todopoderoso no iniciaba su participación con su acostumbrado lema: "Yo soy tu protector. Nadie es feliz ni tiene justicia sino por mí". Ahora repetía las palabras jactanciosas dichas por Jesucristo, aquel personaje bondadoso creado miles de años atrás para exitosamente sugestionar a las masas: *El que no está conmigo, está contra mí.* Palabras que yo había añadido a la propaganda días antes de ser nombrada Juez Supremo, la persona responsable por el destino de los pueblos que formaban la UNN. Luego de proclamar su nuevo lema, con voz pausada y vibrante el Todopoderoso lanzó su discurso: *La Unión de Nuevas Naciones es poderosa porque la levantamos juntos. Sin embargo, ciertas personas han retirado su participación y negado su patrocinio. Estos cobardes, traidores abyectos, han renegado de su compromiso con el Estado, con sus conciudadanos y con ellos mismos. Han actuado egoístamente sin pensar en el bienestar de todos. Hombres de poca fe, ¿por qué han dudado de mi bondad, de mi sabiduría para conducirlos por el camino más seguro y estable? Seguridad y estabilidad que son las bases necesarias para proyectarnos hacia el futuro. Por eso, haciendo justicia, debemos acabar con el odio, el resentimiento y el egoísmo. Recordemos que somos grandes y felices porque nuestro poder se basa en la unión y bajo mi protección seguiremos hacia adelante mostrándole al mundo entero que somos la Unión de Nuevas Naciones más fuerte y poderosa de la tierra.*

Los métodos de tortura usados ese día fueron ejemplares. El programa ya no ofrecía, como en el bestial pasado, crucifixiones, gladiadores descuartizándose en la arena o luchadores descerebrándose a puñetazos y patadas en un cuadrilátero; pero igualmente empalados, degollados y decapitados resultaron un buen espectáculo. Las masas necesitaban distraerse por unas horas y, de paso, aquellos imbéciles que creían poder descarrilarse, aprender de la lección, que el sueño de la libertad fuera visto como una pesadilla. Se emplearon la silla sumergible en el tanque de agua para ahogar a los reos, la sierra que partía en dos desde la cabeza al pubis, la estaca que entraba por el ano y salía por la boca, la filuda cuchilla que mochaba cabezas, y el nuevo aparato preparado especialmente para conspiradores y traidores: "El machacador mágico". Este fabuloso aparato metálico aplastaba las cabezas desde arriba mientras la barbilla de los condenados descansaba sobre una placa de base, la fuerte presión conseguía desprender los ojos de cuajo, romper mandíbulas, dientes y cráneo. El cerebro escurriéndose por rajaduras y oídos terminaba hecho una tortilla.

El público acostumbrado a los castigos feroces aplaudía y gritaba desenfrenado, sin embargo, "El machacador mágico" puso a muchos a agarrarse la cabeza en un intento de protegerla, a vomitar, a mojar y manchar los pantalones.

De regreso a nuestras oficinas en el edificio central yo y el General no cruzamos palabras. Era mejor, así no nos veíamos obligados a comentar los castigos tampoco recordar el motivo que desencadenó la violencia. El móvil que no fue la traición de Joaquín sino mi falta de previsión. Callados y sumidos en nuestros propios pensamientos recorrimos las calles, en ese momento, llenas de gente sombría y temerosa.

Al llegar a nuestro destino, antes de salir del vehículo el General hablando consigo mismo dijo: *El placer de la dulce fragancia de la sangre me hace sentir que soy Dios.*

—Juro lealtad a ti Todopoderoso, Salvador del Mundo. Gracias por tu bondad y sabiduría, por darme la salud y la alegría. Gracias por suplir todas mis necesidades, por el pan, el techo, la ropa y el trabajo. Gracias por… —con la mano en alto, yo, Joaquín y Durand, repetimos el juramento frente a la imagen del Todopoderoso.

—Lo que van a conocer no podrá bajo ninguna circunstancia salir de sus bocas. Este compromiso lleva consigo la renuncia a una vida ordinaria, cotidiana, y a una condena de muerte. No solo están en peligro sus vidas sino la de toda la gente inocente con la que se rodeen. —sentenció el General—. Desde hoy vivirán en un lugar apartado, no volverán a mantener contacto con el mundo de afuera.

—Soy un hombre joven y tengo necesidades biológicas —protestó Joaquín.

—Eso es comprensible. Una vez a la semana enviaremos al refugio un par de personas para que satisfagas esas necesidades. Podríamos hacer que llevaran vendas en los ojos y de esta manera impedir que reconocieran el camino, pero no estamos dispuestos a correr riesgos y esa urgencia tuya, desgraciadamente, causará la muerte de esa gente —repuso el General y sin detenerse continuó—. Si antes estuvieron vigilados ahora serán observados cada segundo de sus vidas.

Espero que estén conscientes de lo que significa su aceptación porque el que falte a su juramento sufrirá las consecuencias. No podemos fallar a nuestro compromiso con el Estado y nos veremos obligados a reducirlos a cenizas si es necesario o, podríamos optar por otra solución y ustedes mismos tendrán que volarse los sesos. —Estas últimas palabras hicieron que Joaquín palideciera, aun así, estuvo de acuerdo con las reglas y cumplir con lo convenido.

—¿Aceptan guardar absoluta lealtad a su compromiso? —preguntó el General sin mostrar ninguna emoción.

—Acepto —dijimos los tres volviendo a levantar la mano derecha.

El Maestro no vio con buenos ojos la llegada de Durand y Joaquín a sus lecciones, no por miedo a ser reemplazado sino porque supo que yo los había conocido en el pasado y uno de ellos era mi amigo. A pesar de cumplir con su trabajo lo hacía de forma tajante, sin expandirse, sin dar más detalles que los necesarios. La seriedad y severidad de Durand lo detenían de hacer comentarios amenazantes o maliciosos, aun así, no abandonó el uso de la indumentaria romana como tampoco las fiestas al estilo Tiberio. Sorpresivamente, de un momento a otro, cambió de actitud, daba oportunidad a los comentarios, reía divertido si alguno cometía un error y pasaba por alto mis "insolencias". Me di cuenta de que se había enamorado de Joaquín y no era para menos porque Joaquín era joven, musculoso y bello. Y gracias a esa pasión que desarrolló por el muchacho pude aguantarme los cinco años que tuve que soportar a un ser despreciable como era el Maestro Dislam.

Fue sorprendente el momento que Durand y Joaquín se encontraron frente a los anaqueles repletos de libros. Joaquín saltó y gritó emocionadísimo, sin poder contener su contento tomó uno de los libros y abrazándolo dio vueltas repitiendo: *Yo lo sabía, lo sabía.* Durand, igual que me pasó a mí, quedó paralizado. Poco a poco volvió en sí murmurando: *Esto no es posible. La gente en el pasado era salvaje, no era capaz de producir una obra transcendente o bella.*

Aprovechando el momento de euforia, el Carroñero abrazó a Joaquín para juntos danzar en medio de los libreros. Como en ese momento estudiábamos el Renacimiento el Maestro escogió tres libros: *El Príncipe, Utopía* y *Don Quijote de la Mancha,* de los cuales leeríamos segmentos, y otro libro de pintores de la época donde, entre, *La creación de Adán, La última cena, La Mona Lisa* y otras pinturas célebres encontramos *El jardín de las delicias,* el cuadro misterioso que era parte de un tríptico.

—¡El jardín de las delicias! —exclamó Joaquín excitado, recordando el extraño cuadro que habíamos visto en el burdel y de donde, a pesar de estar dedicado a todo tipo de placeres carnales, emanaba una fuerza salida de lo más profundo del ser.

—Cálmate y no te enciendas —le dije al oído— o vas a conseguir la muerte de muchos por culpa de tu calentura —añadí logrando que Joaquín volviera a dar vueltas esta vez abrazado al libro de arte, mientras yo me preguntaba cómo ese trabajo, que claramente mostraba que los hombres bestias del pasado si fueron capaces de producir una obra bella, había terminado en un sucio burdel.

—Cuando vean estos cuadros y los miles más que se guardan en un edificio especial, entonces sí que van a sorprenderse de verdad —dijo el Maestro aprovechando el momento para volver a abrazar a Joaquín.

¿Dios? ¿Religión? ¿Infierno y paraíso? —preguntamos yo y Durand al mismo tiempo porque no sabíamos el significado de esas palabras. Joaquín se hallaba ausente porque según el General el muchacho, demasiado impresionable y falta de madurez, no calificaba para recibir información considerada peligrosa. Mientras yo y Durand recibíamos las lecciones del Maestro, Joaquín continuaba con el entrenamiento físico junto a los soldados que resguardaban la propiedad.

—Dios fue un concepto abstracto que después de la Gran Guerra fue vedado y poco a poco sustituido por una representación tangible, razonable y verdadera. ¡Gloria, honor y poder al Todopoderoso por los siglos de los siglos! —dijo el Maestro y los tres inclinamos la cabeza en señal de respeto—. Está en la naturaleza del hombre la necesidad de buscar la protección y la asistencia de alguien o algo superior a sí mismo, especialmente cuando se siente solo, empequeñecido, impotente, dolido o atemorizado ante la certidumbre de su propia existencia. Para calmar esos sentimientos se inventó a Dios, un ser con poderes sobrenaturales que estaba más allá de la materia, el espacio y el tiempo —explicó el Maestro y eso me recordó el día que Ami exclamó: *¡Gracias a Dios!* Ahora entendía los motivos del General para abofetearla y ordenarle que no pusiera ideas estúpidas en mi cabeza. Ami tenía pensamientos raros y absurdos que lo enfurecían con toda razón.

—Pueblos antiguos como el griego y el romano creían en la existencia de muchos dioses, divinidades con las cuales podían identificarse fácilmente porque poseían cualidades y características humanas. Tres religiones monoteístas, falsas y podridas como fueron el Judaísmo, el Cristianismo y el Islam promovieron la existencia de un dios único. Un dios que además era ideal, inalcanzable, omnipotente, omnipresente y eterno. Este Dios abstracto y ajeno intimidó al hombre, con su magnificencia logró rendirlo, doblegarlo, humillarlo, ponerlo de rodillas y aplastarlo. Según relatos míticos encontrados en los libros religiosos, este Dios todopoderoso creó el mundo. Creó a Adán y Eva, el primer hombre y la primera mujer, y los puso a vivir en el Edén, el paraíso, un lugar maravilloso y libre de peligros. Dios puso al servicio de esta pareja todo lo que se encontraba en ese lugar idílico con una prohibición: no comer de los frutos del árbol del bien y del mal. Eva... una persona egoísta, ególatra, indómita y voluntariosa no acató el mandato divino y por su culpa, ella y el hombre fueron expulsados del paraíso. Eva, en ella estuvo decidir por la felicidad y escogió el dolor y la muerte para la humanidad —dijo el Maestro mirándome con malicia dejando aflorar su sonrisa pendeja.

—¿De dónde salieron esas ideas sobre Dios y cómo se expandieron por el mundo? —pregunté sin darme por aludida para no tener que patearle los huevos a ese mierdoso infeliz enfrente de Durand.

—Estas ideas se originaron en un tiempo remoto como tradiciones de un pueblo de imaginación mítica, fanático, localizado en lo que hoy es la Unión de Nuevas Naciones de Oriente. Este grupo judío elaboró un conjunto de enseñanzas con la creencia de que eran la luz entre las naciones, un pueblo escogido por ese Dios perverso, vengativo, carnívoro, sanguinario, con el espíritu podrido de odio que habían creado. Este pueblo fue conquistado por el imperio Romano convirtiéndose en otra de sus provincias. Durante el mandato del emperador Octavio, de esta nación de tradiciones judaicas surgió un nuevo mito, un engendro al que llamaron el Mesías, el Cristo. Este personaje alucinado y sedicioso, llamado "hijo del Señor", incitó a las masas a oponerse al orden establecido y luchar contra la autoridad invasora y los preceptos ortodoxos de su propia gente. Convencido de la igualdad social defendió lo débil y lo bajo, militó a favor de los marginados, de los desahuciados, de los resentidos, de los nadie. Con el propósito de aliviar el sufrimiento de los miserables en este mundo promovió una farsa, la noción de una vida mejor después de la muerte negando la realidad y la naturaleza propia del hombre y los hombres dispuestos a creer estupideces cayeron en el engaño. Este Cristo loco, hijo de Yahvé el carnívoro, fue condenado a morir en una cruz por incitar a la gente a rebelarse y corromper sus mentes con ideas fuera de la realidad. Con el paso del tiempo estas ideas degradantes y escapistas hubieran caído en desuso, pero 300 años más tarde el sanguinario emperador romano Constantino, por razones políticas, impuso las ideas del Cristo como un recurso para mantener la integridad territorial del imperio. Aprovechando la esperanza escatológica que prometía la vida después de la muerte, Constantino hizo poner cruces en los escudos de los soldados que marchaban a la guerra lo cual resultó una excelente idea para alentar a los militares que arriesgaban su vida y no tuvieran miedo de defender su política. Bajo pretexto de guardar el Domingo como día de reposo ordenó que talleres, mercados y negocios se mantuvieran cerrados durante ese día y, en su lugar, que funcionaran los sábados. Medida que él sabía era beneficiosa para los comerciantes romanos y a la misma vez perjudicaba política y económicamente a los mercaderes judíos para quienes el sábado era considerado día sagrado. Necesitado de una medida efectiva para controlar a las masas impuso el cristianismo como religión del imperio, dogma que doblegaba a los seres humanos. Luego ya no hubo marcha atrás porque ese dios defensor de multitudes, dios de los débiles o de los "buenos" como ellos se autonombran, tabla de salvación de los fracasados, dios que estaba en contradicción con la vida, se había expandido por el mundo como una enorme telaraña deteniendo el avance moral de media humanidad. Y como si esta peste no fuera suficiente cinco siglos después del supuesto Cristo vino al mundo Mahoma. Este personaje, hijo de hombre de carne y hueso, taimado, lujurioso y sanguinario se encargó de envenenar a la otra mitad con sus enseñanzas. En nombre de Alá, sus adeptos se unieron a la llamada guerra santa o *yihad* logrando matar a cuantos se les atravesaran en el camino.

Mientras escuchaba al Maestro pensé en las palabras de la Generala. Ella tenía toda la razón al considerar que una de las causas de la decadencia y caída de los imperios consistía en permitir doctrinas nocivas, perversas, que predicaban la caridad, la compasión por los nadie y que estaban en contra de la sobrevivencia de los más fuertes. Constantino había caído en la trampa de los nadie o posiblemente intentó afianzar su poder apoyándose sobre los miserables sin contar con su nocivo efecto debilitador, y el derrumbe de su imperio fue inevitable.

—¿Cómo se relacionaban los adeptos de las tres sectas? —preguntó Durand.

—La divinidad era la misma para las tres religiones, pero cada una la conocía por diferente nombre. Fue Yahvé para los judíos, Dios para los cristianos y Alá para los islámicos. Absurdamente, cada grupo defendía sus propias enseñanzas y lucharon entre ellos por imponer sus malsanas convicciones. Tres religiones, tres maldiciones de la humanidad, sin moral, justicia, verdad ni honestidad. Después de colgar a este supuesto Cristo en una supuesta cruz, los jefes judíos persiguieron a los nuevos cristianos considerándolos herejes ya que la idea de dios-hombre estaba en contra de su creencia monoteísta. Un poco más tarde los cristianos fueron perseguidos y castigados por los romanos en sacrificios sangrientos a causa del alegato cristiano a favor de la igualdad cuando ellos, los romanos formaban parte de una sociedad esclavista y el hecho de que los cristianos pusieran todos sus bienes a disposición de la comunidad amenazaba a los poderosos del imperio. Durante la Edad Media, los cristianos formaron una organización militar llamada Orden de los Templarios dedicada a frenar de manera violenta la expansión del islam, la otra secta perversa que les robaba el poder sobre los adeptos. Asimismo, durante la Edad Media, instituciones religiosas conocidas con el nombre de Inquisición castigaron con

la pena de muerte a los que renegaban del cristianismo.
Más tarde, durante el siglo XX, una de las ramas más
violentas y radicales del islam, el yihadismo, inició
una "guerra santa" con ataques terroristas siguiendo
las enseñanzas de Mahoma, el profeta lujurioso y
sanguinario, con el propósito de expandirse por el
mundo de Oriente. En este punto vamos a ver como
la máxima potencia de occidente, Estados Unidos
de América, aprovechó estas posiciones religiosas
para no sólo infundir el miedo y la inseguridad sino
para ejercer el poder sobre el resto del mundo. Erigir
un nuevo orden que permitiría a una élite controlar
política y financieramente el planeta. Para llevar a
cabo sus propósitos los miembros claves del gobierno
estadounidense, mediante un acto de manipulación
política y mediática, maquinaron un plan de auto-
ataque. Ya antes Nerón había utilizado una estrategia
similar cuando incendió Roma con el propósito de
acusar y perseguir a los cristianos. Hitler hizo lo
mismo incendiando el Reichstag, edificio donde se
reunía el parlamento alemán, para implementar su
doctrina y culpar a sus enemigos. Y Roosevelt, el
líder de la nación americana que en esos momentos
estaba en vías de convertirse en la mayor potencia
occidental, entró a ser parte de la Segunda Guerra
Mundial, aprovechando como excusa el ataque que
el imperio japonés hiciera a su base naval en Pearl
Harbor para parar la intervención estadounidense
en sus acciones militares. La historia revela que en
bases aéreas de la gran nación se entrenaron a grupos
terroristas islámicos para que estrellaran sus aviones
contra las dos torres más altas del país. Las dos torres
construidas expresamente para soportar impactos

de aviones se incendiaron y desplomaron en caída libre entre ocho y diez segundos. Simulacro que el mundo entero vio en sus pantallas televisivas cuando las torres verdaderamente colapsaban por efecto de demolición controlada. Después del atentado el gobierno movilizó la acción militar para combatir a los estados islámicos e implantó una estructura global de vigilancia, espionaje e inteligencia bajo pretexto de mantener los principios de la democracia y la libertad amenazados por los terroristas yihadistas. Y mientras los gobiernos involucrados se dedicaban a estos y otros menesteres beligerantes: China, el país de oriente más poblado del planeta incrementaba su potencial económico, hostigaba a los países del sur y actuaba agresivamente contra Japón; Irán y Rusia unían fuerzas para incentivar la economía luego que la recesión financiera golpeara a varios gobiernos. Corea del sur, pausadamente expandía su dominio aéreo sobre territorios reclamados por China. Corea del norte alardeaba de contar con un mega equipo bélico. Y en esos tires y jales se dio el principio del final. Explotaron las bombas y nadie supo a ciencia cierta quienes fueron los malditos responsables de la hecatombe mundial.

—¿Cómo cayeron en desuso esos conceptos degradantes, retrógradas que provocaron tanto disparate y tragedia? —quiso saber Durand.

—Para responder a esa pregunta es necesario hablar de la guerra ya que el fenómeno fue una consecuencia indirecta del conflicto, se dio de manera… involuntaria. Durante la Segunda Guerra Mundial varias naciones entre ellas Estados Unidos, la Unión Soviética, la Alemania hitleriana y Japón barajaron varias estrategias con el propósito de hacerse del poder. Los dos grandes estados, uno de Occidente y otro de Oriente, los Estados Unidos y la Unión Soviética, se unieron hasta derrotar a las fuerzas alemanas de Hitler, pero les quedaba por detener la peligrosa ofensiva japonesa y cualquiera de los dos que lo lograra sería el vencedor. La nación americana se encontró ante la posibilidad y necesidad de convertirse en la gran potencia relegando a su rival. La manera de obtenerla fue utilizando una estrategia capaz no sólo de detener la avanzada soviética y sus ideas políticas brutales sino de poner fin a la guerra. Por primera vez dos bombas atómicas fueron lanzadas en territorio japonés produciendo efectos devastadores nunca vistos. Estados Unidos logró así su propósito.

—La explosión de dos bombas lograron terminar con la guerra, inmovilizar a los japoneses y detener la invasión de la política soviética —dije en voz alta mientras mentalmente procesaba los hechos. El Carroñero sin hacerme caso continuó hablando.

—Pensando que con una bomba se resolvían todos los desacuerdos, durante la denominada Gran Guerra se llegó a lo máximo de la irracionalidad de los métodos terroristas y se volvieron a emplear armas de destrucción masiva que no se usaban desde la Segunda Guerra Mundial. Para tal efecto se utilizaron químicos altamente explosivos, armas tácticas tanto o más poderosas que las atómicas. El daño producido por estas bombas fue considerable en edificios y estructuras, y más terrible fue la devastación que causó a los organismos vivos. De este lado del planeta, se supone que las detonaciones causaron la pérdida de más del noventa por ciento de la población, pero del otro lado fueron más efectivas logrando aniquilar un porcentaje aún mayor de la vida humana. La población mundial se contaba cerca de los ocho mil millones, lo que quiere decir que de mil millones que habitaban en nuestro continente quedaron alrededor de cinco o seis millones y una cantidad similar en el otro lado del mundo. Las tierras del lejano oriente pobladas por los nuevos dueños del capital, riquezas que amasaron gracias a la ambición de los poderosos hombres de occidente y las zonas infestadas por ideas nocivas quedaron devastadas, más aún aquellas pobladas por razas alimentadas por el odio de un profeta rencoroso, asesino, polígamo, traidor y mentiroso. Por eso se supuso que los núcleos religiosos ortodoxos, recalcitrantes, que habitaban las tierras de Oriente desaparecieron en su totalidad.

—¡Ocho mil millones de personas! —exclamé sin poder imaginar la cantidad de cochambrosos que en un tiempo habitaron el planeta—. Eso significa que la paridera era incontenible. ¿Cómo pudieron convivir tantas personas juntas?

—Por eso es necesario mantener leyes estrictas que impidan que nos multipliquemos igual que las cucarachas —dijo el Carroñero y en mi mente aparecieron la gran cantidad de miserables alimañas que pululaban en Los Pantanales.

—Así estos grupos desaparecieran en la zona contaminada quedarían adeptos en otras partes del mundo —indicó lógicamente Durand retomando el tema.

—Después de la Gran Guerra se creyó esencial empezar de cero. El pasado había sido una equivocación y era necesario eliminar y borrar todos los errores cometidos. Tanto en Occidente como en Oriente se tomaron medidas drásticas, prohibiéndose cualquier actividad que atentara contra el bienestar de los habitantes, así mismo la práctica de cualquier culto religioso. El ser humano es naturalmente perverso y esas ideas malévolamente difundidas en los llamados "textos sagrados" lo incitaban a ejercer ese instinto. Toda persona sospechosa de continuar con esas prácticas nocivas fue perseguida y condenada a muerte. A lo largo de los años, felizmente, esas ideas aberrantes fueron cayendo en desuso y los pocos libros malditos, que sobrevivieron a las explosiones fueron destruidos para evitar que una vez más contaminaran la mente humana. En nuestra biblioteca se encuentra una copia tanto del libro islámico como el de la llamada biblia, el texto judeo-cristiano. Pronto revisaremos unos cuantos capítulos de estos libros y podrán descubrir no sólo contradicciones y estupideces sino la crueldad, el odio, las bajezas y las intenciones infames que se esconden en sus páginas.

—A pesar de las prohibiciones podría pasar que en algún lado esas ideas continuaran latentes y resurgir en cualquier momento, inclusive aquí en Los Pantanales —sentenció Durand.

—Dudo de que esto pudiera suceder en nuestras naciones debido a las leyes y vigilancia de la que gozamos, pero cabe la posibilidad de que surgieran, una vez más, en el otro lado donde esas ideas malsanas pueden estar calentándose como un huevo bajo las arenas. Los creyentes y fanáticos, así como la gente inferior lo mismo que las alimañas son difíciles de exterminar. A lo largo de la historia se intentó acabar con estos grupos indeseables sin ningún éxito. Precisamente la palabra genocidio se inventó para describir la manera organizada de matar que usó el imperio otomano para exterminar a los armenios por considerarlos ciudadanos de segunda clase, perros y cerdos infieles, incrédulos cristianos. En Cambodia, hoy uno de los pueblos de la UNN de Oriente, igualmente, se llevó a cabo un acto de "purificación de la población" eliminando toda influencia corrupta del suelo donde pudiera crecer el nuevo estado y la verdadera clase nacional. Hitler, uno de los estadistas más poderosos y ambiciosos del mundo, llegó a lo máximo del raciocinio ideológico. Él creía firmemente que el destino del hombre era la plenitud, la evolución hacia algo más fuerte, aspiraba a formar una sociedad de tipos superiores y con ese propósito en mente trató de hacer lo que él llamó una *säuberung* o sea "una limpieza" y darles un *sonderbehandlung* "un tratamiento especial" a todos aquellos cuyas ideas malsanas los convertía en una amenaza y un estorbo no sólo a sus objetivos sino al engrandecimiento socioeconómico de la nación. Construyó crematorios con el propósito de literalmente evaporarlos y no pudo. Vuelvo a afirmarlo, fanáticos, miserables e indeseables son difíciles de exterminar, pero dudo que entre nosotros pudiera darse el resurgimiento de esas ideas perversas porque somos poquísimos los que manejamos el conocimiento. Las masas son ignorantes y no saben pensar por ellas mismas, para eso necesitarían un sabio revolucionario o un iluminado renovador. Hablando de ideas perversas, en más de una ocasión he escuchado a los marginales dar gracias a un dios, lo nombran como podrían decir cualquier otra cosa pero no saben lo que significa —el Maestro continuó describiendo, más detalladamente, otros momentos donde judíos, cristianos e islámicos cometieron actos criminales en nombre de un dios absurdo, mientras en mi mente continuaron resonando estas palabras: *En más de una ocasión he escuchado a los marginales dar gracias a un dios, lo nombran como podrían decir cualquier otra cosa pero no saben lo que significa.* Ami lo repetía a menudo y aunque ella aseguraba que solamente era una expresión que usaban los ancianos en su comarca y que se decía por decir algo, me molestó. Me indignó saber que copiaba de los marginales, de los nadie.

En una de las lecciones que Joaquín estuvo presente el Maestro habló de los inventos que a través del tiempo cambiaron el mundo y la vida de la gente. Unos, como la brújula, el arado, la electricidad, las armas, el concreto o la penicilina seguían utilizándose porque eran necesarios y eficaces. Otros estaban restringidos o anulados por considerárselos altamente nocivos. El teléfono, en su forma original, era utilizado estrictamente por los miembros del gobierno. Los aparatos televisivos, ubicados en centros públicos, servían únicamente para transmitir los informes del Estado. Los mecanismos electrónicos y cibernéticos desaparecieron en su totalidad. Primero porque se desconocía su funcionamiento y segundo porque daban lugar a que aquellos que sabían leer y escribir, un reducidísimo número, se mantuvieran en contacto permitiendo el intercambio de ideas, que, aunque estúpidas, ponían en riesgo la seguridad nacional. En cambio, los aparatos de vigilancia y los instrumentos de tortura resultaron imprescindibles y maravillosamente provechosos.

—La invención de la imprenta permitió la producción masiva de libros haciendo posible que el conocimiento tanto nuevo como antiguo llegara a más gente. Antes el trabajo era hecho por escribas, tomaba mucho tiempo y por consiguiente el número de copias era reducido —explicó el Maestro.

—Posiblemente la difusión del conocimiento ayudó a que el alfabetismo se extendiera y las ideas se propagaran. La gente al tener la oportunidad de conocer el trabajo y las ideas de otras personas pudo razonar, discutir y seguramente comprender lo que antes era un misterio. Pudo crear nuevas ideas —peligrosamente, supuso Joaquín.

—Así es, penosamente se diseminó una información falsa y equivocada que trajo como consecuencia situaciones más complejas y destructivas, circunstancias que llevaron al mundo a la catástrofe. Uno de esos textos reproducidos por miles y en diferentes lenguas fue la biblia.

—¿La biblia? —preguntó Joaquín curioso. Yo y Durand nos miramos como cogidos en falta porque la biblia había sido parte de uno de los temas no recomendables para la inmadurez del muchacho. Comprobando su interés, en ese momento, erróneamente, resolví que Joaquín nos acompañaría en todas las lecciones así el General pensara que el joven era impresionable y podía confundirse al conocer ideas equivocadas y los desaciertos cometidos en el pasado.

—La biblia fue una recopilación de historietas disparatadas y nocivas que pretendían ser ejemplares, narraciones insensatas sobre el comienzo de los tiempos y el comportamiento grotesco de los seres humanos en el afán de cumplir con un ser brutal y falsamente engrandecido —dijo el Maestro dirigiéndose a Joaquín—. Solicitaré la autorización del señor Inspector para leer el libro y aquel otro donde se glorifica a un infame profeta por el que nuestros antepasados estaban dispuestos a matar y dar la vida.

—Algo parecido a los cuentos idiotas de niños magos y hechiceros —dije yo tratando de poner fin a un tema peligroso para mi amigo. Felizmente el Maestro comenzó a hablar sobre los debates entre Erasmus y Lutero, el primero defendiendo el libre albedrío del hombre para escoger entre el bien y el mal y el segundo favoreciendo la influencia de un ser maligno, Satanás, que dominaba e impedía al ser humano decidir a voluntad. Erasmus y Lutero, a juicio del Maestro, dos pensadores contaminados por el libro vil y demencial.

—No vuelvas a decir en voz alta lo que está en tu cabeza, no te atrevas a suponer y peor a opinar delante del Maestro. Creo que Dislam se hizo el tonto porque está obsesionado contigo, si no ahí mismo te entregaba a los perros que vigilan esta casa —enojada y a gritos, advertí a Joaquín una vez que estuvimos solos—. Óyeme bien muchacho, ya te lo dije una vez y vuelvo a repetírtelo: no debes confiar en nadie porque puedes perder la lengua, la cabeza o quedar hecho mierda.

—Soy un estúpido. Te lo prometo, no volveré a hacer comentarios que me pongan en peligro —dijo apesadumbrado y sorpresivamente juntó su cuerpo al mío, me apretó fuertemente y hundió la cabeza en mi cuello. Lo sentí agitado, esforzándose para respirar como si estuviera quebrado.

—¿Por qué no podemos ser libres? —preguntó bajito.

—¿Qué quieres decir con eso de no ser libres? —dije empujándolo.

—No podemos escoger, la maldad no del diablo sino la de los hombres nos domina. Hemos retrocedido, hemos regresado a las cuevas y perdido el camino cuando se habían dado pasos gigantes.

—Pasos gigantes pero equivocados que llevaron al hombre a cometer locuras. Convéncete de una vez por todas, el hombre es por naturaleza destructivo y si lo dejas libre y hacer lo que quiere acaba con todo lo que encuentra a su paso. Ya deja de decir estupideces que pueden joderte la vida. Voy a pensar que no eres inteligente y te has contagiado de ideas pendejas y eso sin haber leído el maldito libro que mencionó Dislam —dije para que se despabilara y movida por sentimientos que no sabía definir ni controlar abracé a Joaquín. Creo que lo quería y eso estaba pésimo porque como aseguraba la Generala el cariño era un mal que debilitaba a los seres humanos.

—Gracias por bajarme de las nubes y evitar que me corten la lengua.

—Muchacho tonto sabes que siempre contarás con mi apoyo, pero no abuses de nuestra amistad —dije recriminándolo.

—Yo siempre estaré a tu lado, siempre —dijo volviendo a abrazarme y yo se lo permití, era a la única persona a la que daba ese privilegio. Y ahí "la máquina asesina" y el muchacho que estaba supuesto a ser un fiel servidor del Estado, quedaron unidos en un abrazo por un largo rato.

Finalmente habían llegado a su fin los cinco años dedicados al estudio y esa noche, la última en casa del Maestro, tuve cantidad de pesadillas. Creo que esos sueños horribles fueron producto de mi ansiedad, la certeza de saber que pronto estaría frente a responsabilidades de las que no podía escapar. Me quedé dormida recordando las palabras maliciosas del Carroñero cuando habló del génesis, el paraíso y otros mitos bíblicos: *Eva, en ella estuvo decidir por la felicidad y escogió el dolor y la muerte para la humanidad.*

Soñé que iba sentada en una carreta jalada por un caballo de esos llamados percherones, negro y viejo. Podía escuchar no sólo el paso pesado y cansado del animal sino el ruido infernal que producían los goznes faltos de grasa. *¡Detente!* grité para apearme y el hombre que sujetaba las riendas, sin hacer caso a mis órdenes giró el cuerpo y me ofreció un espejo. El individuo, que creí ser un común cochero era el General vestido pobremente. Tranquila al saber que era él quien guiaba la carreta tomé el espejo y miré mi reflejo en el cristal. Me sobresalté al no reconocerme, parecía un mamarracho con la cara pintoreteada y los cabellos revueltos. Entonces me di cuenta que llevaba puesto un vestido rotoso, sucio y pensé que debía estar soñando porque esa no era yo. El carruaje enfiló por una calle amplia donde en ambas aceras se encontraban cientos de gente asquerosa, marginales que gritaban: *¡Muerte! ¡Muerte!* Con ambas manos cubrí mi cabeza protegiéndola de los guijarros que la muchedumbre me lanzaba al paso de la carreta y alarmada pregunté: ¿Dónde me llevas? El caballo se detuvo al llegar a la plaza y frente a mi apareció una armazón que sostenía una cuchilla triangular de acero. Entonces el hombre, que ya no era el General sino una figura sin rostro, giró el cuerpo una vez más y respondió a mi pregunta: *A la guillotina.*

Soñé que era una niña. Estaba celebrando mi cumpleaños, escuché voces y música, sin embargo, no veía a nadie a mi alrededor. Caminé en el vacío en busca de alguien y me encontré con el General que se acercaba y me entregaba una pluma de oro con mi nombre grabado: Eva. Fui a mi habitación, me tiré sobre la cama, y empecé a escribir en una libreta. Con el lapicero de oro traté palabras nuevas, las que había aprendido ese día: ár-bo-les, pá-ja-ros, hor-mi-gas. La pluma dejó de funcionar, la agité con fuerza e intenté volver a escribir. Esta vez no pude controlar el lapicero y curiosamente las palabras comenzaron a escribirse solas: Ge-no-ci-dio, Ex-ter-mi-nio, Mar-gi-nal-fo-bia. Desconcertada al ver que la pluma escribía palabras raras y desconocidas, la arrojé al suelo. Aun así, sin necesidad del lapicero, continuaron escribiéndose solas palabras todavía más extrañas: *Säu-ber-ung, Sonder-be-hand-lung.*

Soñé que estaba sentada en una silla de terciopelo granate. La silla era la sola cosa que se encontraba dentro de una habitación enorme construida con bloques de concreto. Escuché ruidos y fui a asomarme a una ventana pequeñita, la única abertura en el gran salón. Fuera un campo inmenso se extendía despoblado y vacío. Descubrí que los ruidos provenían del cielo. Como si fueran una nube negra centenares de pájaros carniceros se acercaban e iban a pararse sobre el edificio. A lo lejos descubrí al General que encabezaba una comparsa, seguido por un par de bufones vestidos en trajes coloridos que bailaban y brincaban mientras soplaban un instrumento de cristal parecido a una tuba. Del aparato del primer bufón fueron saliendo niños que tomándose de las manos cantaban y saltaban alegres. El segundo bufón fue tras ellos y con la tuba empezó a absorberlos para luego vomitarlos hechos cenizas. Al ver que eran pulverizados los muchachitos sobrevivientes, espantados, corrieron a esconderse tras enormes árboles deshojados que brotaron de la nada. Después aparecieron cientos de hombres y mujeres con cabezas de gallinas, cerdos y chivos. Los teriántropos despavoridos corrían para escapar de un enorme hombre con cabeza de perro que los perseguía con un arco. Mucha de esta gente cabeza de animal empezaron a trepar las paredes del edificio. Para evitar que llegaran hasta la ventanita, yo les lanzaba canicas que guardaba en uno de los bolsillos de mi pantalón. Las canicas explotaban en llamas al tocar el suelo.

Me desperté porque inconscientemente sospeché lo que venía después. Me incorporé en la cama sintiendo que me faltaba la respiración. Tenía la garganta seca y bajé a la cocina a tomar agua. Conocía el camino de memoria y no necesité encender las luces. La propiedad estaba completamente a oscuras, lo único que brillaba en la noche eran los ojos de las cámaras de vigilancia recorriendo la casa. Subí las escaleras y antes de volver a mi cuarto, abrí la puerta de la habitación del Maestro. Parada en el umbral lo miré, mis ojos acostumbrados a las sombras lo encontraron descansando en medio de las sábanas color rosa, un leve ronquido salía por su boca. Sonreí al verlo dormir tranquilo sin sospechar que al día siguiente sus piltrafas terminarían hechas polvo.

Volví a mi habitación y luego de mirar por más de una hora como las nubes ennegrecían el cielo me quedé dormida y tuve otra pesadilla.

Soñé que estaba en un jardín contemplando la diversidad de pájaros con hermoso plumaje que habitaban el lugar. Escuché la voz del General que desde lejos llamaba mi nombre repetida veces: *Eva, Eva, Eva.* Me acerqué a una puerta enrejada y descubrí su silueta a la distancia. Ahí lo esperé y una vez cerca abrí la puerta y salí a su encuentro. El General entró y me abrazó diciendo: *Eva, hija mía.* Los hermosos pájaros chillaron y alzaron el vuelo. Sentí tristeza al verlos desaparecer en medio de negros nubarrones. Sin pronunciar una palabra me aparté del abrazo del General, me dirigí una vez más al portón enrejado y lo abrí para que se fuera. Antes de salir el General bajó la cremallera de su pantalón, sacó un enorme pene y me mojó entera con el copioso semen.

—Hoy toman posesión de sus nuevas funciones. Eva trabajará a mi lado como Asistente de Inspector de Operaciones. Por el momento Durand y Joaquín ayudarán al maestro Dislam en la revisión y corrección de los informes públicos y reportes de los oficiales. En el futuro Durand continuará con este trabajo y Joaquín se dedicará a la protección y clasificación de libros y documentos —dijo el General con voz autoritaria.

—No tan de prisa —dije copiando la voz del General—. Primero el Maestro necesita explicarme que quería decir las veces que repitió que no se podían hacer enemigos gratuitos. ¿Eran una advertencia o una amenaza? —pregunté dejando salir a flote todo el desprecio que sentía por ese miserable insecto. Mis inesperadas palabras causaron espanto en los ojos del Carroñero. Durand y Joaquín, sorprendidos por mi comportamiento, quedaron inmóviles, mirándome sin poder ocultar el horror reflejado en sus ojos.

—Yo sólo hice mi trabajo. Juro que nunca fue mi intención provocarte, te respeto y jamás podría ser enemigo de quien me patrocina —se defendió el Maestro a punto de llorar.

—¿Qué quieres hacer Eva? Todo depende de tu juicio. ¿Encerrarlo en un calabozo o callarlo para siempre? —preguntó el General otorgándome el poder de hacer mi propia justicia y por primera vez me entraron ganas de abrazar a ese despreciable individuo que era mi padre.

—Para este infeliz no quiero la cárcel o la tortura. A las ratas se las elimina de una vez. Esto les espera a todos los que se pongan en mi contra y los que intenten traicionarme —dije sacando la pistola del cinto. Disparé una sola vez, directo a la cabeza del Carroñero. Viendo como el Maestro se desplomaba a mis pies sentí que mi cuerpo era invadido por una singular sensación de plenitud que me llevó al éxtasis. En ese instante conocí lo que significaba adquirir el poder. La vida y muerte de los hombres se convertían en simples caprichos de mis deseos.

—"La vida y la muerte de un hombre fueron un pequeño precio que pagar por obtener el conocimiento que anhelé, por el dominio que lograría e impartiría sobre los elementales enemigos de nuestra raza" —recitó el General, quizás, sintiendo en carne propia mi estado emocional.

La noche anterior había escogido la oficina del General como el lugar estratégico para mandar a Dislam al otro mundo porque ahí estaban instaladas las cámaras que servían no para vigilar a los presentes sino para controlar a los demás.

—Envuélvanlo en la alfombra —ordenó el General a los dos militares que habían estado apostados fuera de la puerta y que hizo entrar—. Ustedes dos —dijo dirigiéndose a Durand y Joaquín que, mudos, no se atrevían a moverse de sus puestos —ayuden a llevar el cuerpo hasta el sótano y echarlo a los incineradores. No olviden deshacerse de la alfombra.

—¿Sabes algo? He descubierto que me complace dar órdenes, ver a la gente asustada y aplastar el gatillo.

Tenía razón la abuela cuando dijo que el éxito y el poder estaban en mantener controlados a los demás —confesé al General con una sonrisa de satisfacción.

Así empezó mi nueva vida. Al día siguiente abandoné la cama justo cuando el sol despuntaba en la mañana, estaba ansiosa de desempeñarme como Asistente del Inspector de Operaciones que era el General y aprender de él. Una de mis prioridades fue seleccionar a la gente que quería a mi alrededor. Nombré a Antón mi guardaespaldas personal, esta vez oficialmente y con el consentimiento del General.

—Me satisface enormemente saber que Antón, desde hoy oficial del ejército, estará siempre a tu lado.

El General, los doce hombres encargados del gobierno central y los principales representantes de los diversos pueblos que conformaban la UNN discutían sobre la posibilidad de rastrear la región sur de la Unión de Naciones de Oriente que antes de la Gran Guerra fue parte del Asia Occidental. A lo largo del tiempo esos territorios fueron ocupados por pueblos agresivos, intolerantes, fanáticos y extremistas. En el pasado muchos de esos estados se habían unido formando una ultra coalición con la intención de combatir a los otros y expandir su política destructiva por el mundo. Su negativa a aceptar negociaciones pacifistas, los graves daños causados a diversos países y sus constantes amenazas de acabar con el planeta obligaron al grupo de naciones aliadas a tomar una drástica decisión. El uso de armas de destrucción masiva acabaría con éstos y los otros estados beligerantes. El Maestro Dislam creía que ésta fue la verdadera causa para usar las bombas de neutrones que hicieron palidecer a Little boy y Fat man, las dos bombas atómicas usadas en el Japón.

Como había dicho el Carroñero cabía la posibilidad de que estos grupos surgieran una vez más porque fanáticos y miserables lo mismo que las alimañas eran difíciles de exterminar. Se temía que estos grupos volvieran a reorganizarse echando por el piso todo lo que se había conseguido y debían ser aniquilados antes de que derramaran su veneno. Yo, como Asistente del Inspector de Operaciones, participaba en las reuniones de carácter urgente que tenían lugar en el salón de encuentro de líderes precedido por un enorme cuadro mostrando el rostro velado del Todopoderoso. Mientras escuchaba la intervención de los delegados me preguntaba por qué, por más grave que fuera el punto de discusión, el Todopoderoso estaba ausente. ¿O sería que al igual que el dios judío-cristiano era solamente una idea necesaria para intimidar y controlar a la gente? Una vez a solas con el General le hice la pregunta.

—¿El Todopoderoso existe o no?

—Por supuesto que existe, es la representación simbólica y necesaria del poder. Como ya conoces, desde el principio de los tiempos el hombre ha buscado apoyo y puesto la responsabilidad de su vida en manos de un ente superior creando así un mito llamado Dios. Luego el hombre civilizado encontró la forma de hacerse del poder político declarando ser ungido por la divinidad para ejercer en su nombre el derecho a gobernar. Los mandatarios de nuestra era no pusieron fin a esa práctica ventajista, la modificaron para de la misma manera justificar su poder frente al pueblo y promocionar medidas que de otro modo la gente nunca aceptaría. ¿Has podido darte cuenta de que la gente agradece al Todopoderoso por las cosas malas que les ocurren, pero maldicen si el causante de lo malo es impuesto por el Estado? Por tus conocimientos históricos sabes que este concepto del derecho divino fue utilizado para manipular, engañar, abusar y reprimir a las masas y a la vez beneficiar a aquellos en el poder.

—Fue utilizado por emperadores y monarcas.

—El derecho divino fue un concepto generalizado entre los gobernantes, lo ejercieron en todas las épocas y en todas las sociedades. Jaime I de Inglaterra y Luis XI de Francia, entre otros, se valieron de ciertos pasajes encontrados en la biblia para legitimar políticamente el concepto de la divinidad. Romanos 13 dice: "Porque los magistrados no son para temor al que hace bien, sino al malo", "Porque es ministro de Dios para tu bien". La gracia y presencia divina aparece también en gobiernos más recientes. La Declaración de Independencia de los Estados Unidos de América dice: "Mantenemos que estas verdades son evidentes, que todos los hombres son creados iguales, que son dotados por su Creador de ciertos derechos inalienables…". Este imperio llegó, inclusive, a acuñarlo en su moneda para reafirmar el absolutismo político religioso. Uno de sus presidentes, cuyo nombre no es importante, al liberar a cierto grupo terrorista expresó que esa acción generosa no era un regalo de su país sino "un regalo de Dios a todos los seres humanos en el mundo". Hitler, el famoso líder nazi, afirmó que los crímenes perpetrados contra la humanidad eran una forma de servir a Dios. En *Mein Kampf,* sus declaraciones autobiográficas, él dice: "Yo creo que estoy actuando de acuerdo con los deseos del Creador Todopoderoso: defendiéndome de los judíos, estoy luchando por el trabajo del Señor."

—¿Es Dios el Todopoderoso?

—Si y no. La gente, en especial aquella insegura, débil, gregaria, empequeñecida, estaba necesitada de un ídolo a quien venerar, ante el cual inclinarse y de quien recibir dádivas y compasión. ¿Qué mejor deidad que la presencia de nuestro Todopoderoso? Antes de la Gran Guerra esa figura llamada Dios era una idea que resultaba complicada, fuera de la comprensión humana, absurda. Por eso nuestros líderes optaron por un concepto práctico, la idea de alguien magnífico que demandara ser amado y temido al mismo tiempo. Además, tiene la ventaja de ser un dios vivo, al cual pueden ver y escuchar. El Todopoderoso resulta conveniente para nuestros propósitos porque ese ídolo es el responsable de cualquier desacierto cometido por el Estado. Como conociste con el Maestro tanto la figura del Cristo como su doctrina tuvieron mucho éxito entre sus seguidores, de ahí que se decidiera que la cara de nuestro ídolo fuera parecida a la de él. Para tal efecto se mezclaron dos trabajos de Leonardo da Vinci. De el *Salvador del Mundo* son la delineación del rostro, el pelo largo, rizado y partido por la mitad, la mirada fija y desafiante. De la *Mona Lisa* es la sonrisa incomprensible y misteriosa. Para salvar el inconveniente de su ausencia física se impuso la idea de que nadie era comparable a su grandeza para tener la gracia de verlo en persona, se difundió el cuento de gente que quedó ciega después de ver al Todopoderoso y por supuesto los ignorantes están dispuestos a aceptar todo lo que se les dice. La figura difumada que se ve en las pantallas y monitores es una animación bien lograda gracias a los adelantos tecnológicos heredados de las civilizaciones anteriores.

Su voz actual es la mía ligeramente alterada por los equipos de sonido.

—Entonces tú eres…

—Dios. No existe nada ni nadie comparado a mi grandeza y lo mismo que aquel monstruo glorificado por pueblos y naciones del pasado el olor a sangre me apacigua —dijo abstraído, como si por un instante hubiera escapado de la realidad.

—Quise decir que tú eres…

—El poder detrás del mito. Como ha venido sucediendo por generaciones alguien tiene que mantener el control, hacer las decisiones necesarias para el bienestar mundial. Muchas veces tus dictámenes, medidas y juicios pueden parecer injustos, crueles, perversos, pero son la mejor y talvez única salida a un conflicto. Cualquiera que sea tu postura convéncete que va a resolver una mala situación y dejar atrás una peor.

—En la reunión se discutía sobre la posibilidad de rastrear la región sur de la UNN de Oriente, eso significaría entrar en otro conflicto armado. Muy pronto tendremos una nueva guerra encima de la que sufrimos en este momento.

—No estamos participando en ningún combate. Después de la Gran Guerra las Uniones de Nuevas Uniones quedamos hechas pedazos, anímicamente destruidas, más aún las de Oriente, y por común acuerdo mantenemos relaciones bastante cordiales. Por el momento continuamos trabajando en la reconstrucción de los bloques, a ninguno nos conviene un enfrentamiento militar. Ninguna de las dos partes desea conquistar territorios devastados que en vez de ventajas ofrece pérdidas. No tendremos guerras por el momento, aunque secretamente proseguimos con el programa armamentista.

—¿Y las noticias que se difunden en los medios de comunicación y las explosiones que se escuchan frecuentemente?

—Todo es una farsa, un teatro necesario para mantener el miedo en la gente, un motivo más para que agradezca nuestra protección. Las noticias sobre los constantes ataques a nuestras naciones y los enfrentamientos en territorios enemigos son creaciones del gobierno. Los cien o más civiles que mueren en las explosiones son necesarios para que la simulación resulte más creíble. Utilizamos el combate armado como estrategia para desviar la atención de la gente de la escasez, para aplacar el hambre, el descontento y culpar a los enemigos de los problemas que nos afectan. Esos estruendos, explosiones y estallidos que de cuando en cuando se escuchan desde lejos son puramente maniobra política. He ahí la importancia de mantener al pueblo ignorante porque cuando menos conoce más fácil se hace embaucarlo. Eva, a mi lado te convertirás en una maestra del engaño y la manipulación —dijo con esa mueca que pretendía ser una sonrisa. Escuchándolo hablar caí en cuenta que él era el único en usar el ojo dentro de un triángulo en la pechera de su casaca. El General era, sin lugar a dudas, el poder detrás de mito, el Todopoderoso, Dios. Y los hombres importantes que encabezaban la UNN, los encargados de pasar y hacer cumplir las órdenes, eran simples instrumentos, los monigotes, los títeres tras los cuales el verdadero líder ejercía el poder.

Ordené al guardia que saliera luego de dejar libre de las cadenas con las que manipulaba a dos hombres y dos mujeres que desnudos y en cuatro, igual que perros y para mi deleite, caminaban por el salón. Una vez que el guardia salió me deshice de la ropa y me acosté en un sillón. Cerré los ojos mientras sentía como sus manos y sus lenguas rodaban por todo mi cuerpo logrando por unos minutos escapar de las presiones que me exigía el poder. *El sexo, entre los humanos, es una actividad saludable que nos proporciona placer y relajamiento*, recordé las acertadas palabras que una vez dijo la Generala mientras, agitada y gimiendo, encerraba entre las piernas la cabeza de quién sabe quién. Antón, todavía mi guarda personal, se encargaba de traer a mis amantes con los ojos vendados para que no descubrieran que estaban en el edificio central. Aún a sabiendas de que mi identidad no estaba en riesgo cubría mi rostro con un antifaz porque así el jueguito resultaba más divertido. No deseaba que ninguno pudiera descubrirme y luego jactarse de haberme gozado. Estaba acostumbrada a satisfacer mis urgencias carnales sin importarme quienes fueran los encargados de brindarme el placer, pero un día apareció Val y por alguna razón las reglas del juego dejaron de funcionar.

Una de las tuberías que venía desde los pisos superiores sufrió una avería y la colaboración técnica fue necesaria. Iba camino a mi oficina cuando me encontré con los tres hombres que debían ser los plomeros y al soldado encargado de vigilarlos. Uno de los trabajadores, alto, moreno y musculoso, llamó fuertemente mi atención y me entraron ganas de tener su hermosa cabeza entre mis muslos y su lengua paladeando mi clítoris. El sólo imaginar su pelo, levemente rizado y cayendo sobre su frente, cosquillándome el pubis logró excitarme. Me escondí tras una columna para poder observarlo detenidamente. Verlo cruzarse de brazos y balancearse con las piernas separadas mientras escuchaba las instrucciones del que sería el jefe, fueron suficientes para que me entraran unas ganas locas de tirármelo ahí mismo. Me controlé y lo que hice fue, igual que una gata mirando a un ratoncito, pasar la lengua por los labios y esperar. Los días siguientes me dediqué a perseguirlo por el edificio a través del detector instalado en mi oficina. Cuando escuché el sonido ronco de su voz supe que no podía esper un momento más para tenerlo dentro de mí.

—¿Es aquí donde vive el Todopoderoso? —preguntó uno de los plomeros al soldado que los acompañaba.

—Así es.

—Me imaginaba un lugar diferente. El suelo suave para que sus pies no se lastimaran, almohadones donde recostar su cabeza, muchas frutas, muchas flores; mujeres y hombres hermosos que lo mantuvieran cuidado y contento todo el tiempo. No estos largos corredores y estas oficinas llenas de máquinas raras y cámaras por todo lado.

—¿Qué haríamos si nos encontráramos con el Todopoderoso? —preguntó otro plomero mirando alrededor.

—Yo cerraba los ojos para no quedar ciego, entonces me echaba a sus pies a darle gracias por su bondad, por darme todo lo que necesito para ser feliz —respondió inocentemente el primero en hablar.

—Yo pedía algo más de comer y un nuevo par de zapatos para mis muchachos que están creciendo demasiado rápido —dijo el segundo.

—Yo pediría ir al campo con mi madre y mi sobrino. Los tres nunca hemos visto cómo es que nacen el trigo y las verduras —dijo Val, el hombre que pronto tendría a mi merced.

—Yo voy al Anfiteatro siempre que puedo para gozar el castigo que se da a los traidores y a los enemigos, pero me apena la muerte de la gente que no ha hecho daño. Por eso yo le pediría al Todopoderoso que no persiguiera y matara a tanta gente pobre —habló otra vez el primero ignorando las cámaras instaladas por todo lado.

Los obreros eran gente común que lo único que conocían era su oficio y que con su trabajo contribuían a la sociedad, pero no tenían ni la más mínima idea sobre el funcionamiento del gobierno y sus objetivos. Para ellos sería difícil entender que si se les daba todo lo que pedían entonces no sólo perderían el interés por el trabajo, sino que desarrollarían el horrible hábito de la dependencia. Yo nunca contribuiría a promover una política errónea y malvada como había sido la asistencia social y hacerlos creer que no podían ayudarse a sí mismos. Escuchándolos me di cuenta de la importancia de conocer el pensamiento del pueblo para así encontrar los métodos necesarios para disuadirlos de pretensiones equivocadas y falsas expectativas. Definitivamente estos pobres pelagatos no comprendían nada. No se daban cuenta de que especialmente ellos se beneficiaban con la eliminación de los fracasados. No se daban cuenta de que esas miserables criaturas les estaban robando el aire, la comida, la ropa, la oportunidad de tener los zapatos que pedían tener.

Pude ordenar a Joaquín, que entonces no sólo me servía de asistente, sino que era mi confidente, que llevara al obrero al galpón o a mi oficina y después de una dosis de lengua y verga adiós calentura. Pero tener a Val no se trataba sólo de aplacar la urgencia del cuerpo sino de probarme que podía lograr que una persona quisiera cogerme sin que fuera por cumplir con una orden. O quizás era la necesidad de llenar esa sensación de vacío que a veces me asaltaba sin poder evitarlo.

Fue fácil encontrar datos acerca del plomero, donde vivía, con quienes, las horas de salida y llegada a su casa. Para que mi escapada no despertara sospechas me hice acompañar por Joaquín vestido con todas las galas militares que exigía el reglamento. Fuimos hasta el galpón donde pudimos cambiar los uniformes por ropa sencilla. Yo vestí la blusa y el overol que usaban las obreras. Estacionamos el carro en una esquina cerca del edificio donde vivía Val, en un vecindario horrible pero que estaba en mejores condiciones que esa marranada hedionda que eran Los Pantanales.

—Quiero seducir a un hombre, lograr que ese hombre deseé morir por cogerme —dije al ver acercarse el camión que regresaba a los obreros a sus viviendas.

—No te preocupes Eva. Vas a trastornar a ese hombre y será mejor que así sea o lo veremos sin huevas y sin cabeza —dijo Joaquín entre risas—. Vete con cuidado, ahora estás encaprichada, pero ¿qué tal si el jueguito te sale mal y terminas enamorándote del fulano? Aunque tú no quieras aceptarlo estás hecha de carne y hueso y puedes encariñarte como cualquier ser humano —añadió serio, dejando las risitas de lado.

—¿Yo enamorándome de un pobre plomero? Deja de hablar tonterías y regresa por mí en un par de horas. Estaré en el apartamento que conseguiste cerca —dije al salir del vehículo.

—Conociéndote será mejor que regrese a la salida del sol —respondió Joaquín con un guiño.

—¿Podrías ayudarme? —pedí al obrero cuando cruzó por mi lado. Me apoyé en su brazo fingiendo debilidad.

—¿Qué te pasa, estás enferma? —preguntó el hombre alarmado.

—Siento mareos, las piernas no me sostienen. Por favor ayúdame a llegar a casa, está a un par de bloques de aquí —dije con una vocecita de niña buena—. Me llamo Eva ¿y tú?

—Soy Val. Déjame llevarte a la mía. Yo vivo aquí mismo, en este edificio. Ahí puedes descansar mientras te preparo un cocimiento de hojas —ofreció pasando un brazo por mi cintura. No me quedó más que aceptar y subimos hasta el tercer piso donde estaba su pequeño apartamento—. Tranquila y no te desesperes, verás que pronto te sentirás bien.

La madre de Val me dio a tomar una infusión de hierbas y me colocó un paño con agua fría en la frente mientras yo, acostada sobre un gastado sillón y con los ojos cerrados, continuaba representando mi papel. Después de unos minutos dije sentirme mejor e intenté levantarme para irme.

—Es preferible que descanses un tiempo más, no sea que en el camino te vuelva el mareo y te caigas en la calle —dijo la madre de Val impidiendo que me fuera—. Te aconsejo que tan pronto puedas vayas a checarte al centro de salud, no sea que tengas algo malo y te saquen de tu trabajo —dijo la mujer acariciando mi mano. Eran las siete de la noche cuando aseguré que me sentía bien y podía regresar a mi casa. Pedí a Val me acompañara y él acepto para asegurarse de que llegara sana y salva. Estábamos a dos horas de empezar el toque de queda impuesto recientemente, la prohibición de deambular por las calles sin ningún motivo urgente.

—Val, te agradezco lo que haces por mí —dije lánguidamente, sosteniéndome en su brazo mientras llegábamos al edificio donde estaba el cuartucho que Joaquín había conseguido para que me alojara en ese barrio obrero donde vivían el joven plomero, su madre y el hijo de su hermana muerta.

—¿De verdad te sientes bien? Pienso que deberías pedir unos días libres a tu supervisor, por lo menos hasta que estés más fuerte. Tú sabes que si ellos descubren que estás trabajando enferma te pondrán en la lista negra y sufrir un accidente.

—Voy a seguir tu consejo. No quiero fallarle al Estado —respondí a su comentario, que en otras circunstancias podía ser considerado como un ataque a mi persona.

—¿Vives sola?

—No tengo a nadie —dije invitándolo a pasar.

—Cuenta conmigo para cualquier cosa que necesites. Tienes en mí un amigo y sabes dónde encontrarme —ofreció desde la puerta sin atreverse a entrar.

—Ven, hazme compañía por un momento y comparte conmigo algo de comer —dije sin saber si Joaquín había traído alimentos al cuartucho que había conseguido. Val tomó asiento en el sencillo sofá que estaba en la salita y yo, inocentemente, me deshice de los zapatos, la blusa, el overol y quedé al desnudo. Vestí una corta bata tomándome todo el tiempo posible y atando el nudo en el frente me dirigí a la cocinita para buscar cualquier cosa. Regresé con unos roscones y encontré a Val observándome con curiosidad y admiración. Dejé caer los roscones para agacharme a recogerlos y que el hombre disfrutara la redondez de mi trasero que la corta bata dejaba al descubierto—. Lo siento, todavía me siento débil y se me cayeron de las manos —dije haciendo pucheros. Me le acerqué, me incliné para abrazarlo y me erguí colocando su cabeza entre mis senos desnudos. Val no dijo una palabra, pero sentí como su respiración se aceleraba. Estuve a punto de sacarme la bata y ofrecerle mi cuerpo sin demoras, pero me separé de él recordando que mi intención era seducirlo—. Es mejor que te vayas antes de que empiece el toque de queda, pero por favor, te pido que vengas mañana después que termines con la faena. Te estaré esperando —dije acompañándolo hasta la puerta. Vi al hombre alejarse por el pasillo todavía jadeando y seguramente con la verga tiesa. Embellacada estuve a punto de llamarlo.

Abrí una de las gavetas de mi escritorio donde guardaba una copia del texto que tantos sobresaltos me había causado cuando entrenaba en la Academia. La saqué del cajón y leí unas cuantas líneas. Sin poder evitarlo volví a revivir el dolor y la rabia causados por el asesinato de Ami a manos de un marginal y me urgieron las ganas de aplastar a esos malditos miserables que infectaban nuestro mundo.

Había llegado el momento de poner en marcha el programa de exterminación y acabar con esas ratas inmundas. Más ahora cuando las dificultades de la sociedad eran apremiantes. Los ocho mil millones y más de habitantes registrados hasta antes del Caos se habían reducido a unos veinte millones, sin embargo, la escasez de alimentos nos tenía al borde de desaparecer por completo. La Gran Guerra si bien ayudó a despejar el ambiente también produjo el aumento de la pobreza y la reducción de las fuentes de cultivo. Ya era hora de actuar, de juntar inteligencia, fuerza y poder para atacar el problema y hacerle un favor a la humanidad. Había compartido mis inquietudes con Joaquín, pero él confiaba en la posibilidad de encontrar una solución "más humana".

—El Estado encuentra necesario reducir la cuota de alimentos y la eliminación de las partes sobrantes. No hay suficiente comida para tanta gente.

—La revolución industrial hizo que el incremento de la producción alimenticia superara al de la población, además logró que el nivel de vida mejorara en todos sus aspectos. La transición de la mano de obra al manejo de maquinarias, así como el uso de químicos y la implementación de las fábricas hizo que la catástrofe predicha por Malthus no tuviera efecto. En los siglos sucesivos los avances tecnológicos mantuvieron el balance necesario evitando el exterminio de la humanidad por falta de alimento. Yo tengo confianza en el ingenio del hombre para superar las malas situaciones. ¿Recuerdas que alguna vez el Maestro mencionó un lugar en el Ártico donde se encontraba una bodega con variedad de cultivos congelados en caso de que ocurriera un desastre global? Podríamos encontrarlo —propuso Joaquín siempre optimista.

—La situación por la que atravesamos es singular. Todos los esfuerzos que hacemos no dan resultado porque la Tierra está enferma, no da más. Somos demasiados y la gente sigue con la paridera, reproduciéndose como ratas en las alcantarillas. Esos cultivos que mencionas ¿se te ocurre una manera de cómo llegar hasta el Ártico? Además, no sabemos la localización precisa y más que seguro que la explosión de las bombas destruyó esas bodegas.

—Sé que atravesamos momentos difíciles pero tu opinión es importante. No permitas que el Estado atente contra la vida de las personas, tenemos más que suficiente con las matanzas en el Anfiteatro. Esos inocentes igual que nosotros son seres humanos con dignidad y merecen respeto.

—Tendrías que visitar Los Pantanales para darte cuenta de que esos "inocentes" no son seres humanos y la dignidad que mencionas es inexistente.

—A esas personas, como a todo el mundo, se les ha robado el derecho a conocer, a decidir, se los mantiene reprimidos y atemorizados. Muchos de ellos podrían aportar ideas, encontrar recursos, pero lastimosamente están condenados a ser los apestados, las partes sobrantes. Nuestra sociedad es la misma caverna de la que hablaba Platón. Somos ese grupo de prisioneros que desde el nacimiento está encadenado y forzado a mirar hacia la pared de fondo sin nunca poder girar la cabeza. Igual que esos prisioneros se nos niega ver la luz del sol a nuestras espaldas y tomamos por verdaderas las sombras de las cosas proyectadas al fondo de la caverna, las mentiras que se nos obliga a aceptar como ciertas.

—Nunca vas a aprender a cerrar la boca. Un día vas a meterte en serios problemas y todo por defender a salvajes capaces de destriparte o comerte vivo si se les diera la oportunidad. Ahora deja de llorisquear y quédate tranquilo, voy a tratar de buscar que hacer para no morirnos de hambre —dije para calmarlo, consciente de lo inútil que era hablar del tema con el defensor de los inservibles.

Mientras tanto yo seguí con el plan de exterminación. No existía otra salida para reducir el exceso de población y de alguna manera aliviar la hambruna. Ahora que contaba con antecedentes históricos y que conocía otras ideas creía que "una limpieza", una "purificación de la población" y una "solución final" eran recursos necesarios y adecuados. No era posible mantenernos indiferentes frente a la miseria, a la multiplicación de la indigencia que nos arrastraba a la caída total. Volví a leer parte del texto y volví a convencerme de que tenía razón: *La pobreza es una tara, una lacra, una maldición, no sólo impide el avance natural de la humanidad, sino que crece de forma incontrolable. Una pareja de pobres produce cientos más de pobres, cientos más de maleantes, cientos más de tarados, miles de miles de hijos de putas. Es nuestro deber, nuestra obligación social y moral, acabar con la pobreza de una vez por todas y la única manera de hacerlo es eliminando, matando, pulverizando a los pobres.*

Felizmente ya no contábamos con la influencia de ciertos dogmas que los marginales utilizaron como mecanismos de defensa, echando mano a conceptos malignos y perniciosos como la compasión y "la voluntad divina" tratando así de proteger su inferioridad. Me reuní con el General para comunicarle mi decisión y solicitar su apoyo.

—Nuestro derecho y obligación es impedir la proliferación de las alimañas, que continúen propagándose, transmitiendo las características inherentes de su clase y robando provisiones. No somos buenos o malos sino justos cuando nuestros esfuerzos van dirigidos a elevar el valor y la calidad de la vida. Nos apartamos de nuestros instintos naturales al permitir que la miseria y los miserables se multipliquen —argumenté poniendo énfasis a mis palabras.

—No tienes que convencerme, estoy totalmente de acuerdo con tu resolución. Así como se busca eliminar la enfermedad del cuerpo así mismo debemos hacer para mantener una sociedad sana. Debemos actuar desapasionadamente como lo hace la naturaleza y finalmente permitir que esa ley de la evolución continúe sin trabas hasta alcanzar su propósito final seleccionando a los más capacitados e implantando el dominio de los fuertes —dijo esbozando una sonrisa de triunfo.

—Me parece escuchar a tu madre sosteniendo esas teorías que dicen que los organismos van adquiriendo variaciones que incrementan sus habilidades para competir de tal manera que los mejor dotados o capacitados sean los escogidos por la naturaleza para perdurar. Ahora que poseo una mejor visión del mundo puedo decirte que Darwin estaba equivocado. Esa tal ley de la selección natural quizás sea válida para los animales, pero no es aplicable para los seres humanos. No es correcta, es más bien todo lo contrario. Son los míseros y los incapacitados los que más se reproducen e imponen su penuria, su desventura y su ordinariez. La naturaleza los favorece, pero felizmente estamos yo y tú, los guardianes de este mundo enfermo, para remediar el problema y así como se elimina la mala hierba que insiste en propagarse así vamos a aniquilar a todos esos inmundos gusanos.

Antón dejó de ser mi guardaespaldas y con mi recomendación fue nombrado Jefe de Seguridad del Estado. Bajo sus órdenes respondían miles y miles de soldados entrenados para combatir, reprimir y matar. Esta maniobra me sirvió para tener al ejército de mi lado y con su respaldo lograr que mi voz fuera escuchada durante las largas discusiones mantenidas por los miembros del Estado. Cinco de los hombres principales se opusieron a aceptar mis propuestas e ignoraron mis palabras sin saber el grave error que cometían. Esa misma noche Antón y diez de sus mejores soldados se apersonaron en casa de cada uno de los cinco imbéciles y los acribillaron a tiros junto con sus familias. Horas más tarde los asesinatos se hicieron públicos causando el pánico en la población, pero ya la fuerza militar se había hecho presente en todas las dependencias principales para evitar cualquier tipo de insurrección civil. El General que estaba al tanto de mis planes y apoyaba mis propuestas se encargó de convocar a una reunión especial para, al día siguiente, discutir los planes a seguir después de los asesinatos de los cinco representantes y el nombramiento de los cinco reemplazos.

Como siempre la asamblea se inició con el juramento obligado frente a la imagen del Todopoderoso en la pantalla colocada en lo alto del salón de reuniones. Por primera vez se escuchó la voz del Salvador del Mundo iniciando su intervención con un lema diferente, las palabras del Cristo que yo había rescatado para enfatizar mi política: *El que no está conmigo, está contra mí.* Los presentes se miraron entre sí sorprendidos y empezaron a removerse inquietos en sus asientos. Yo me levanté, apreté el interruptor cancelando la señal en la pantalla y, teatralmente, puse una mano en alto para empezar a hablar.

—Comenzamos una nueva época: la era de la Restauración. Desde hoy yo doy las órdenes, yo soy la responsable por el destino de la gente, yo soy el Juez Supremo de la Unión de Nuevas Naciones. Ya somos un gran imperio, pero juntos podemos serlo aún más. Apelo al sentido y la razón, pido no su consentimiento sino su participación en esta cruzada que empezaremos desde hoy con el fin de conseguir un futuro grandioso de paz y prosperidad. Debemos contribuir al crecimiento de las naciones ampliando las fuentes de trabajo y de esta manera incrementar el número de oportunidades para beneficio de la gente. Necesitamos una mayor cantidad de obreros trabajando para fortalecer al Estado, no podemos permitir que se pierda este concepto que es la razón misma de nuestra sociedad. En estos momentos estamos atravesando una situación difícil y todos lo sabemos, necesitamos buscar una solución para liberar al mundo de la pobreza, de la escasez, del hambre. Nuestra tarea no será fácil, demandará de esfuerzos masivos, y tomará un tiempo. Por ahora mantendremos la calma y el buen ánimo porque gracias a la bondad del Todopoderoso tendremos trabajo y comida para todos. Es su voluntad tomar las medidas necesarias para sacar de en medio a los responsables de estos males que agobian a nuestra sociedad. Este es el momento de restaurar nuestro orgullo, nuestro poder y hacer justicia —terminé mi discurso y apreté un botón en el tablero de controles. La puerta se abrió y entró Antón acompañado de veinte soldados armados con metralletas—. "El que no está conmigo, está contra mí" —repetí el nuevo lema adoptado para ponerlo en boca del Todopoderoso. El General, desde su asiento me miró asintiendo con la cabeza y sonrió complacido de mi actuación. Por unanimidad fui aprobada como Juez Supremo de la UNN de Occidente.

Mi política consistía en mantener el orden social y controlar la crisis más efectivamente que las ofrecidas por los diferentes hombres importantes del Estado. El General me convenció para que pospusiera el plan de eliminación. Si es que deseaba conseguir que mis propuestas fueran aceptadas necesitaba ganar la confianza y el respaldo de todos. Fue así que pusimos en marcha el proyecto de nutrición y obras públicas. "Comida y trabajo para todos" se anunciaba en todos los centros públicos. La cantidad de provisiones no era la deseada, aun así, por un tiempo prudente, el pan, las verduras y los granos se repartieron con mayor frecuencia en todos los centros militares de la unión. Prontamente se reiniciaron las obras de reparación de edificios y caminos inhabilitados que habían sido abandonadas décadas atrás para dedicar a los cultivos todo el esfuerzo necesario. Se implementó la recolección lenta de millones de toneladas de objetos plásticos acumulados en el mar y que las explosiones de las bombas habían retorcido y carbonizado. Asimismo, empezaron las excavaciones en los desiertos e islas abandonadas donde pudiera esconderse tanta basura. Fue idea del General aprovechar el momento para poner en marcha la propaganda política y mostrar las buenas acciones del Estado.

—Quiero aparecer en anuncios y afiches con pala en mano para que el mundo entero conozca que soy la encargada del cambio —dije dejando aflorar el amor a mi persona.

—Siempre aplica lo que has aprendido. Deja que otros den la cara, que se ensalcen, que se aplaudan. Deja que los varios miembros del Estado asuman toda la responsabilidad, así saldrás bien librada de lo que pueda venir después. Recuerda el cuento bíblico. "Yo soy el que soy", fue la respuesta que el carnívoro genocida Yahvé dio a Moisés cuando éste quiso saber con quién hablaba. Y sin jamás mostrar el rostro ni dar a conocer su identidad, a lo largo de los siglos, fue temido, respetado y adorado por pueblos y naciones. Igual que Dios tú eres la que eres. Tú eres Dios.

El Todopoderoso hizo su parte, desde las pantallas alentaba a los trabajadores con su voz potente: *Debemos sentirnos orgullosos de seguir contribuyendo al crecimiento de las naciones. Las nuevas obras son un símbolo más de nuestra grandeza y los caminos nos conducen a explorar nuevos lugares. Recordemos que el Estado es poderoso porque lo levantamos juntos. Respeto, cumplimiento del deber, orden y esfuerzo lo hacen grande y bajo mi protección seguiremos hacia adelante mostrándole al mundo entero que somos la Unión de Nuevas Naciones más fuerte y poderosa de la tierra.*

Joaquín estaba feliz de ver como se llevaba a cabo el proyecto "Comida y trabajo para todos". Se ofreció a personalmente encargarse de la repartición de alimentos en los sectores más necesitados.

—Eva confiaba en ti plenamente. Sabía que de alguna manera lograrías detener esa decisión brutal y sanguinaria que se pensaba poner en efecto. Ahora que fuiste nombrada Juez Supremo por fin el nuevo mundo conocerá lo que es la justicia. Me siento orgullo de ti —dijo, y puesto de rodillas besó mis manos.

—Eres la persona más ridícula e insufrible que conozco —respondí para impedir que siguiera hablando.

—Es un verdadero honor ser tu amigo —dijo todavía de rodillas, mirándome con adoración.

Por supuesto, como debía ser, Val regresó al día siguiente. Había lanzado el anzuelo y el pobre pececito se lanzaba de coco para agarrar la carnada. No sé cuál sería la expresión en mi cara al abrir la puerta de mi apartamento y encontrar a Val con unas cuantas estúpidas florecitas en las manos.

—¿Volviste a sentirte mal? —dijo tocando con una mano mi mejilla y mi frente.

—No, lo que pasa es que… tengo alergia a las flores —respondí retrocediendo porque no podía decirle que las flores no eran para mí, que las flores eran un signo de debilidad. ¿Quieres qué Eva crezca entre florecitas y creyendo pendejadas igual que tú? recordé aquella ocasión cuando al llegar a casa, el General encontró las flores con que Ami había decorado la casa para halagarlo.

—¡Oh! disculpa —dijo y apenado fue a echarlas a la basura.

—Gracias por ayudarme. Creo que algo que comí me cayó mal pero hoy me siento de maravillas. Ponte cómodo —pedí ayudándolo a sacarse la sencilla chaqueta que seguramente usaba para impresionarme. Yo vestía una bata roja y cortita con el mismo propósito. Tomándolo de la mano lo llevé hasta la mesa donde nos esperaban dos porciones de conejo asado, rodajas de tomates y pepinos, varias mazorcas, cuajada y una botella con jugo de raíces fermentadas.

—¿De dónde sacaste todo esto? —preguntó sorprendido.

—¿Qué dices? —respondí con otra pregunta. Me sentí cogida en falta al darme cuenta de que esa no era una comida regular para la clase obrera, que él posiblemente nunca había probado la carne de conejo y menos la cuajada. Con un guiño añadí —yo tengo maneras de conseguir las cosas.

Hablar con Val me divertía mucho, su sencillez, espontaneidad y más que nada su falta de malicia eran sorprendentes. Val era analfabeto, ignorante, no tenía ni la más remota idea acerca de las cosas. Para él los fenómenos naturales eran un enigma. No estaba seguro si la tierra era plana o un globo, creía que los eclipses anunciaban un desastre, que el Todopoderoso era eterno y omnipotente. Su condición no era de extrañarse porque eso era lo normal entre la gente de su clase, entre las masas ¿De qué le servían conocer la teoría de la evolución de las especies o las aventuras de Don Quijote si todo lo que necesitaba era saber cómo arreglar o reemplazar tuberías rotas? Además, para coger no requería ser un ilustrado. No pude contener las carcajadas al ver la expresión de asombro en su cara cuando le dije que millones de años atrás existieron animales gigantescos que se llamaron dinosaurios.

Después de comer fuimos a sentarnos en el sofá, bastante sencillo, y mientras él me observaba embobado viéndome hablar y reír yo tomé su mano y levantando mi falda la coloqué sobre mi pubis desnudo para que dejara de pendejar.

—Me doy cuenta de que te gusto y que quisieras tirarme —dije para provocarlo.

Él retiró la mano mirándome sorprendido y yo con las piernas abiertas fui a sentarme frente a él para incitarlo. Val extendió la mano y me sentó sobre sus piernas. Nunca estuve con un solo hombre a solas, mis experiencias fueron siempre en grupo y con desconocidos. Nunca dejé de cubrir mi rostro. Hombres y mujeres estaban para darme placer y nada más. Nunca supe la razón para actuar como lo hice, a mí que me horrorizaba la idea de rozar con mi boca la boca de otra persona, sentada sobre sus piernas rodeé su cuello con mis brazos y pasé la lengua por sus labios. Respondiendo a mis avances Val subió una mano hasta mi cara. Sentí su aspereza recorrer mis mejillas, abrió la boca y capturó mi lengua. Nunca permití a nadie besar mi boca y por eso, por un momento, quedé atontada. Me gustó su sabor y por mucho rato mi boca quedó prendida a su boca.

—Eres bellísima. Me gustas, me gustas mucho —dijo el hombre rodando los labios por mi cuello. Me gustó que lo dijera, pero estaba acostumbrada a recibir placer sin palabras de por medio, por eso me puse de pie para despojarme de la sencilla bata que tenía puesta para que el hombre viera mi cuerpo, lo poseyera y sin más preámbulos me pusiera a patalear. Val, lentamente, embebido quien sabe en qué fantasías, con la mirada recorrió mi cuerpo desnudo, las gruesas pantorrillas, las rodillas, las piernas largas, los fuertes muslos. Al llegar a mi pubis se detuvo, quedó como si estuviera hipnotizado. Sin levantarse del sillón, me atrajo hacia él y con sus manos rasposas, acarició mis pechos, mi vientre y pegó su cara contra mi vagina. Me gustó sentirme admirada, saberme una mujer deseada, que el hombre quisiera tocarme, olerme, lamerme, morderme, atraparme, pero que no perdiera el tiempo.

—¡Eres bellísima! —exclamó levantando la cabeza para mirarme—. No sé qué tienes, pero eres diferente a las otras mujeres —dijo aspirando entre mis piernas.

—Sácate la ropa, quiero verte desnudo —pedí como si le diera una orden, ya estaba bien de palabras bonitas. Gocé mirando como Val se desvestía. Realmente el hombre era bello, sus piernas eran fuertes y su pene erecto era precioso—. Ábreme ya, métete dentro, voltéame —pedí con urgencia, pero el hombre sordo a mis exigencias me levantó por los brazos y volvió a sentarme sobre sus piernas. No sabía que esperaba de mí. Yo no sabía dar caricias, no sabía ni tenía la más puta idea de cómo complacer a nadie, tampoco me importaba hacerlo. Yo sólo dejaba que hombres y mujeres me dieran placer. Val me atrajo hacia él y volvió a besarme, a jugar con mis labios.

—Ya está bien de caricias —dije con apuro e intenté volver a acostarme para que el hombre me lo empujara. Y como no quería caricias, Val me detuvo agarrándome violentamente por los hombros, enterró los dedos en mis caderas, me puso de rodillas y con una mano manipuló mi cabeza hasta dejar mi cara delante de su verga erecta. Esa movida me tomó por sorpresa. Jamás estuve en una posición semejante, de rodillas ante nadie, y era que no estaba preparada ni estaba dispuesta a dar placer a nadie. Vacilé por un instante, pero los instintos me vencieron y por primera vez mi lengua saboreó otro cuerpo, el sexo de un hombre. Con curiosidad primero y con deleite después lamí el glande y él, gimiendo, abrió el diminuto hueco con la yema de los dedos para que yo introdujera la puntita de mi lengua en la hendidura. Él rugió, se excitó mirando como yo gozaba el huequito, agarró velocidad y bruscamente metió su pene en mi boca. Sin terminar me agarró por los brazos, me tumbó sobre el sillón, me abrió las piernas y se metió dentro de mí. Val dejó de ser tierno y apendejado, se volvió un salvaje, me apretó, me chupó, me mordió y metió la lengua y la verga por todos los agujeros de mi cuerpo. Esa noche Val no regresó a su casa y Joaquín durmió en el vehículo.

Era muy temprano en la mañana cuando nos despedimos. Val debía ir a su trabajo y yo regresar al mío.

—Te buscaré, vendré por ti otra vez. Trabajo en un lugar donde es complicado salir, no puedo escaparme porque la vigilancia es estricta —dije besándolo en la boca.

—¿Vas a estar bien? ¿Y si te vuelven los mareos? —preguntó preocupado.

—Nunca estuve enferma. Fingí los desmayos para poder acercarme a ti, quería coger contigo hace mucho tiempo —confesé dándole otro beso.

—¿Dónde y cuándo me conociste?

—Eso no importa. Te vi, me gustaste y me dije: Eva, muy pronto tendrás a esa verga metida en tu cuerpo. Y ya ves, de una u otra manera yo obtengo todo lo que quiero —dije pensando: Y gozarás este privilegio hasta que me dé la puñetera gana. Resultó que "la puñetera gana" duró más tiempo del que yo tenía pensado. Creí que después de tener al hombre por dos o tres veces serían más que suficientes para saciarme, pero no fue así. ¿Qué tal si el jueguito te sale mal y terminas enamorándote del obrero? Sonreí al pensar en las palabras de Joaquín. Eso era absurdo, disparatado, sencillamente Val era un bruto que con su forma tierna, salvaje y perversa sabía hacerme sentir mujer. Eso era todo.

—Una vez llegué a Los Pantanales donde viven los marginales y quedé espantado. Todo el mundo dice que el Estado los considera peligrosos y por eso son perseguidos. Si vieras como vive esa pobre gente. Yo no puedo entender por qué no son ayudados si son personas como cualquiera de nosotros, su delito es no tener nada —me comentó Val alguna vez haciendo notable su falta de conocimientos y racionalidad.

—No te equivoques, los marginales no son personas, son animales con cuerpo de gente. Además, son demasiados, son un estorbo y una amenaza para los ciudadanos. Matan, roban y no sirven para nada. No podemos desperdiciar nuestras reservas en esos "ratunoides". Toda esa comida sirve para que las verdaderas personas se alimenten mejor.

—Esos "ratunoides" como tú los llamas, matan y roban porque apenas tienen que llevarse a la boca, de alguna forma tienen que conseguir comida. Los he visto recogiendo desperdicios de los basureros, comiendo perros sarnosos, ratas, cuerpos de la gente muerta, cualquier cosa a la que echen mano. Ellos no tienen una ocupación, no cuentan con ninguna ayuda, ni servicios, ni nada.

—Tú eres pobre, pero ejerces un oficio porque tienes la capacidad para hacerlo. Los marginales no la tienen. Existieron desde siempre y a pesar del tiempo transcurrido no han podido salir de ese estado deplorable. Puedes darles toda clase de oportunidades, pero es en vano porque no están dotados del potencial, tampoco de las habilidades que se requieren para producir.

—¿Dónde aprendiste a hablar así? ¿Cómo sabes todo eso?

—Yo sólo sé que los marginales son un mal que tenemos que erradicar y una carga que no podemos continuar arrastrando. La poca comida que tenemos no alcanza para todos. Por eso se ha prohibido y se castiga a los ciudadanos que tienen más de un hijo. Por eso es que los miserables deben ser eliminados —dije de la misma manera con la que le explicaba que era un eclipse o como se formaban las nubes. No podía decirle más porque su ignorancia no le daba para ver más allá de sus narices. Jamás comprendería que fue una guerra la que produjo el caos presente, como todos Val creía que el mundo siempre fue el mismo que conocían. Tercamente y a pesar de no contradecirme volvió a tocar el tema varias veces sin todavía entender que sin esa plaga que eran los parias podríamos mantenernos a flote y avanzar hacia el futuro con dignidad.

Un día le sugerí que fuera al campo con su madre y su sobrino.

—Ese ha sido un sueño que siempre quise cumplirle a mi familia, pero no puede ser. Los obreros no podemos movernos libremente sin que despertemos sospechas.

—No tienes nada que temer. Viajarán en un carro privado y acompañados por un amigo mío que trabaja para una de las oficinas del Estado.

—¡Estás loca! Jamás voy a permitir que te metas en problemas por mi culpa. ¿Y tú, de dónde conoces a un amigo tan importante?

—Joaquín es una de las personas para las que trabajo. Un día le hice un gran favor y ahora le toca a él hacerlo por mí. No tienes de que temer, el hombre es leal y goza de toda mi confianza —dije para tranquilizarlo y convencerlo.

—¿Vas a venir con nosotros?

—Ya te dije que es difícil para mí salir de ese lugar donde trabajo. Y no digas más. Tú, tu madre y tu sobrino van a divertirse mucho viendo los árboles frutales, los trigales y los maizales que lentamente van agarrado fuerza.

Joaquín aceptó llevar a Val y a su familia al campo, no sólo porque era una orden sino porque disfrutaba ayudando a la gente común.

—Estás yendo demasiado lejos con tu obsesión por ese obrero ¿o se trata de un experimento? Sé que tus propósitos son buenos, pero recuerda que los otros miembros del Estado olvidan que están tratando con seres humanos de carne, huesos y sangre, que piensan y sienten. La dignidad de esas personas está de por medio. Me daría pena ver a ese hombre destruido —dijo Joaquín como siempre preocupado por los intereses de "la pobre gente".

—Lleva a esa gente donde te digo y punto. Ya deja de preocuparte por los demás y diviértete con ellos —dije para que no continuara con proposiciones fuera de la realidad. Como si él fuera el que les diera de comer.

—Cuando hables con Val recuerda que eres uno de mis patrones. Él no puede saber que formo parte del Estado.

—¿Te has preguntado alguna vez que pasaría si le dijeras quién eres realmente?

Un día sufrí un mareo de verdad. Me disponía a salir de mi oficina para juntarme con los principales miembros del Estado cuando todo empezó a girar a mi alrededor. Me tomó mucho rato sentirme mejor y cancelé la reunión. Al día siguiente los mareos regresaron y temiendo fueran los síntomas de algo grave mandé que Joaquín me trajera a un encargado de la salud.

—Tiene siete semanas de embarazo —dijo el hombre que me examinó y sus palabras me dejaron muda.

El General supo de la visita que me hizo el médico y cuando me preguntó dije que mi estado se debía al cansancio y las presiones a las que estaba expuesta.
—Todo lo que necesito es tomar un descanso y algún medicamento —aseguré dando el interrogatorio por concluido. Joaquín fue la única persona a quien confié mi estado y mi decisión.

—Val jamás lo sabrá. Él es un hombre sencillo y me haría propuestas ingenuas e imposibles como si fuésemos una pareja común y corriente.

—Ya sabía que de una u otra forma ese hombre saldría lastimado, pero entiendo que es un asunto complicado. Tú una mujer poderosa y él un pobre miserable muerto de hambre. ¡Inaudito! —dijo rascándose la cabeza—. Sea como sea sabes que cuentas conmigo para lo que sea necesario. En todo momento estaré a tu lado.

Sin conocer mi estado, justo dos semanas después de yo saberlo, Val me hizo la propuesta ingenua.

—Quiero pedir un permiso para que vivas conmigo y juntos empezar una familia. Te imaginas

Eva, podríamos tener un hijo tuyo y mío —dijo puesto de rodillas. El pobre iluso soñaba despierto.

—Estás pidiendo un imposible. ¿Cómo vamos a poder unirnos si tú... —iba a decir eres un simple obrero—tienes que ayudar a tu familia? Se nos haría muy difícil con una criatura. Además, no sabemos qué va a pasar más adelante, podríamos separarnos o no sé cualquier cosa pudiera ser posible.

—Eva, no digas eso. Yo te amo y nunca te dejaría por nada del mundo.

A los cinco meses mi embarazo comenzó a hacerse notorio. Tenía el vientre hinchado y los pechos me habían crecido. No había visto a Val por un mes y aquel día me mantuve distante con la intención de prepararlo para la larga separación que nos esperaba o quizás para no vernos nunca más.

—Te encuentro más llenita —dijo besando mi barriga y cuando intentó seguir con las caricias lo detuve pretextando estar agotada.

—He trabajado tanto estos meses que ya no doy con mi cuerpo —dije acostándome en el catre fingiendo jadeos de cansancio—. Gracias a que usarán más personas en la fábrica. Me han escogido para entrenar a un grupo nuevo de mujeres y no podré salir en meses.

—¿Cuánto tiempo son esos meses? ¿Dos, tres?

—Serán cinco o quizás seis.

—¿Cinco o seis meses? eso es mucho, mucho tiempo. Se me hace difícil verte una vez al mes y cinco o seis meses siento que no podré soportarlos. Entiendo que no es tu culpa, tú no puedes cambiar las órdenes, nadie puede hacerlo —dijo desalentado, apretando los puños. Quizás la intuición le decía que lo nuestro llegaba al final por eso me dio la espalda para que no viera su frustración y dolor—. Eva, gracias por haberte fijado en mí y darme tanta dicha. Cuídate mucho y recuerda que te amo. Aquí me encontrarás esperando por ti hasta que regreses. Eres lo más importante en mi vida —dijo con voz ronca acostándose a mi costado.

Esa fue la última vez que estuvimos juntos.

Continué con mi trabajo hasta que la preñez me lo permitió. No me importaba si el General lo había notado o no, pero se lo hice saber por cumplir con el protocolo.

—Como te habrás dado cuenta estoy esperando un hijo. Voy a ausentarme por las siete semanas que faltan para su nacimiento porque necesito reposo. Todos mis asuntos los dejo en tus manos.

—¿Quién es el padre? —preguntó sin alterarse, sin mostrar emoción alguna.

—Es mi hijo, es lo que realmente importa. Voy a quedarme con Durand y Joaquín me hará compañía. La casa es apartada, segura y tranquila. La mujer que la cuida no me conoce, no sabe quién soy y no es peligrosa. Cuando llegue el momento Joaquín se encargará de llevar al partero para que me asista.

—Ya lo tienes todo preparado, me parece muy bien. En siete semanas llegaré a la casa del Maestro Durand para conocer a mi nieto. Desde pequeño ese niño sabrá que nació para dominar y recibirá el entrenamiento apropiado.

—No te preocupes por el niño, Durand estará a cargo de su educación y cuando llegue el momento recibirá el entrenamiento militar requerido —dije para dejar en claro que yo decidía por mi hijo.

"Comida y trabajo para todos" fue un plan genial que dio resultados estupendos, gracias a él logré afianzarme y ganar la confianza y el respaldo de todos. Pasado el tiempo de euforia general llegó el momento no sólo de hacer justicia sino de ayudar a sanar nuestra sociedad, aplastando a esa inmundicia que eran los miserables. En una de las lecciones el Maestro nos había informado que en el pasado el ataque con misiles se hacía apretando botones en la comodidad de una oficina. Ya que no contaba con el equipo necesario y conveniente encargué a Antón la dirección de los primeros ataques. En una misión especial viajó a las regiones del sur del continente donde los indigentes habían alcanzado cifras monstruosas, donde más del noventa y cinco por ciento de la población estaba compuesta por salvajes que no poseían habilidades creativas, inteligencia, que no intentaban y no podían progresar porque eran nulos social y mentalmente.

Di órdenes para perseguirlos y matarlos sin contemplaciones. Después de todo para esas ratas comegente que vagaban por las naciones del Sur, las persecuciones y el exterminio no eran ninguna novedad. Antes de la Gran Guerra se mataban entre ellos mismos, todo por traficar con la hoja de una planta sembrada en esas tierras y que de acuerdo al Maestro Dislam, su uso servía para idiotizar más aún a la gente. Según informes recibidos de Antón la plaga humana encontraba refugio en los montes y la maleza, lo cual dificultaba su exterminio. Fue necesario destruir esas madrigueras utilizando armas de aerosoles. Los aviones cisterna volaron sobre montañas rociando gases venenosos. Antón reportó que los químicos tóxicos oscurecieron los cielos formando nubes sintéticas que debilitaban la luz solar. La llamada "Operación Sombrero Naranja", Naranja en homenaje al agente utilizado por la nación estadounidense contra sus enemigos asiáticos, dio resultados inmediatos. Miles de miles de ratas humanas fueron envenenadas en cuestión de semanas. La operación se extendió a otras zonas del centro y sur del continente con iguales magníficos resultados. En la región norte, especialmente en Los Pantanales, se dificultaba el uso de químicos y agentes letales por estar cercano al área de operaciones de las oficinas centrales del Estado. En esos sectores se utilizaron medidas menos drásticas, pero igualmente eficientes. Además de privarlos de alimentos y agua, los indigentes fueron perseguidos y entregados a los pelotones de fusilamiento. Las ejecuciones en el Anfiteatro se incrementaron a dos funciones por mes. Para no desperdiciar tanta carne y ayudar a calmar el hambre de las masas, sus cuerpos fueron triturados y mezclados con los alimentos ofrecidos en los múltiples centros de repartición.

Tres meses después de tener a mi hijo fui en busca de Val porque me entraron las ganas de verlo y coger con el obrero una vez más. Llegué hasta su casa para darle una sorpresa y no lo encontré. Al verme, su madre se echó a llorar y sus lágrimas me dijeron que Val había muerto. Como si fuera una estatua, sin gestos ni emociones, escuché lo que la mujer tuvo que decirme. La desgracia había ocurrido días después de que lo viera por última vez. Su hijo y su nieto salieron a recoger la cuota de alimentos y cruzando la calle fueron atropellados.

—Un camión pasó a toda velocidad y se fue contra los dos. Val quedó desbaratado y murió en el mismo momento. Mi nieto fue llevado a un centro de salud en estado grave y falleció horas después —dijo cubriendo la cara con las manos para seguir llorando.

—¿Pudieron conocer la identidad del responsable del accidente?

—No. Las personas que vieron el accidente dijeron que el individuo que iba al volante se dio a la fuga —me informó la mujer con voz dolida, fue a la habitación y regresó con una sortija sencilla, de esas de hojalata que usaban los pobres—. Esta prenda es para ti, Val iba a dártela cuando regresarás. Consérvala como un recuerdo de mi hijo —dijo ayudándome a poner el anillo en el dedo.

Mientras bajaba los tres pisos del edificio saqué el aro de mi dedo. En cuanto llegué a la calle lo regalé a la primera mujer que encontré en el camino. Me sentí vacía, seca y el corazón convertido en un trozo de plomo. Igual que cuando Ami murió, no derramé una sola lágrima. ¿Qué sentido tenía que la mujer más poderosa del mundo, dueña de vidas y destinos se echara a llorar por un pobre plomero y guardara un ridículo anillo?

Aquella tarde, yo, la mujer de piedra, entrenada para ver atrocidades, para no sentir compasión por nadie y sacar del medio al que fuera necesario, no sabía que hacer para sacarse del pecho el dolor que le causó conocer la muerte de un sencillo hombre, un obrero cualquiera. Buscando alivio caminé sin saber dónde ir y fue así como llegué a orillas del mar. Comprobé que en toda el área que abarcaba la mirada no había una persona. La playa estaba vacía a esa hora en que el sol daba los últimos brochazos de luz en el oeste. Recogí la falda del sencillo vestido que había escogido para reencontrarme con Val, y me senté sobre la arena a contemplar el mar. Veía como la marejada traía y llevaba palos y envases carbonizados enredados en los tallos de las algas, cuando de pronto un duro golpe en el hombro me derribó al suelo. Sentí un dolor intenso, como si me clavaran la espalda con miles de alfileres, pero sin pensarlo, llevada por mis instintos de sobrevivencia y rápidos reflejos me puse de pie. Penosamente no puede hacer mucho porque el atacante tenía ventaja sobre mí. Armado con un bate, esta vez, el maleante me asestó el golpe en las piernas logrando derrumbarme sobre la arena una vez más. El golpe que me dio en la cabeza me nubló la vista.

—Tú no eres de estos lados, hueles bonito —dijo el perro sarnoso echándose sobre mí y resollando como una bestia oliscó mi pelo, mi cuello, y a tirones, con sus asquerosas manotas, rasgó mi vestido y mis calzones. El infeliz era un marginal haraposo, un pordiosero grasiento cuya pestilencia a mierda borraba el olor a salitre. Los golpes me dejaron momentáneamente incapacitada y sin poder defenderme tuve que soportar que la escoria aprovechara de mi letargo e hiciera uso de su cochambroso miembro y un palo que recogió de la arena para desgarrarme por delante y por detrás. El hombre satisfecho, aun rugiendo de placer, se echó a mi costado. Creo que la rabia me dio las fuerzas para incorporarme e intentar apropiarme del bate que descasaba a pocos pasos de mí.

—Perra de mierda, ahora si vas a saber lo que es bueno —gritó la rata inmunda haciendo relucir el puñal que sacó del pantalón. Forcejamos y el puñal, sin poder evitarlo, me atravesó la mejilla derecha. Sentí el dolor y el calor de la sangre quemándome la cara, pero entonces sin pensarlo dos veces y con todas mis fuerzas hice un juego violento de manos y le arrebaté el arma. La patada que le di en los huevos lo tiró de espaldas al piso, esta vez fui yo la que se lanzó sobre su cuerpo y sin que me temblaran las manos le clavé el puñal en la yugular.

—¡Cerdo infeliz! —exclamé casi sin voz, respirando agitadamente y sintiendo como la adrenalina corría veloz por mi cuerpo agarré el puñal que había caído al piso y de un solo tajo le volé la verga. Mientras me recuperaba observé complacida como el maldito en estertores de muerte convulsionaba a causa de la sangre brotándole a borbotones por boca y garganta.

Felizmente la cortada en mi cara no fue profunda, aun así, las costuras me dejaron una horrible cicatriz. Tuve la suerte de que el infeliz no supiera quien era yo sino, estaba segura, me hubiera matado y descuartizado cuando tuvo la oportunidad.

Cojeando, con una mano apretando la cara para detener el flujo de la sangre y la otra agarrando la vagina porque la sentía reventada, pude llegar hasta el entablado junto a los matorrales que rodeaban toda la costa. Al verme, dos hombres en overoles salieron de una de las dos camionetas estacionadas en la vía y ayudaron a recostarme en el asiento trasero. *La golpearon bien feo, si quiere buscamos al...* dijo uno de ellos y se detuvo porque el otro lo interrumpió: *Vamos a llevarla a un lugar donde la curen.*

El General llegó a verme a mi apartamento-oficina después de conocer que había sido objeto de un violento ataque, se sentó a mi lado y me echó la sermoneada sin mostrar enojo tampoco inquietud o tristeza.

—Qué esta experiencia te sirva para comprender que no puedes andar metiéndote en cualquier parte, en barrios inmundos de muertos de hambre y sin la escolta necesaria.

El General no descansaba de presionarme, quería verme actuar, que me deshiciera de Joaquín de una vez por todas, así como había hecho con los rebeldes y ponerle fin al estado de alerta creado por sus actividades sediciosas.

—No podemos permitir que un don nadie nos haya puesto en aprietos. Mientras él siga vivo es una amenaza. Si por ahí quedaron otros contaminados ideológicamente, intentarán liberar a su jefe y continuar con sus revueltas. Si ven su cabeza rodando por el piso entenderán que sublevarse no es fácil y que ése es el fin que les espera. ¡Tienes que acabar con él! no creo que quieras tirar al fango todo lo que hemos logrado, el esfuerzo que nos ha tomado amansar a estas bestias.

—Yo sé lo que hago. Joaquín necesita curarse de ideas pervertidas y mentirosas. No sé qué carajo estaba pensando para arrastrar a esa gente a la muerte después de conocer de tantas tragedias producidas por ideas de mierda como las suyas. Parece que no aprendió mucho, aún después de escuchar hablar hasta el cansancio sobre el tema, del fracaso de toda política o proyecto que intentara establecer "un mundo mejor". Joaquín necesita reconocer que su conducta fue desleal y cobarde, que estuvo equivocado, que con su revolución no llegaba a ningún lado porque ese sueño de igualdad, libertad y amor no es aplicable en la vida real.

—Qué nos importa la curación de ese cabecilla imbécil. Lo que necesitas hacer es cortarle la cabeza ahora mismo. Recuerda que el poder no conoce amigos. A través de los años he aprendido a no fiarme de nadie, prosélitos y simpatizantes simulan subordinación, pero realmente resienten que estés sobre ellos. Por eso es necesario mantenerse alerta todo el tiempo, en cualquier momento estos imbéciles pueden transformarse en tus peores enemigos.

—Pensé que Joaquín estaba de mi lado y agradecía la deferencia que tuve con él.

—El aprecio que tuviste por ese miserable hizo que cometieras un gravísimo error. Ese sentimiento nocivo no te permitió ver lo que estaba frente a tus ojos. Desde el primer momento la intuición me dijo que ese muchacho podía ser peligroso. En sus ojos había insolencia, temeridad, rebeldía, características no recomendables para un subordinado. Por esa razón lo mantuve bajo vigilancia todos estos años. Siempre supe que era un proselitista de mierda, pero quería saber hasta dónde le daban las agallas. La gente que pudo convencer no era de cuidado, era un grupo de mequetrefes infelices. Las armas que logró reunir, pistolas, fusiles de asalto y rifles, todos de bajo calibre, no servían para enfrentar a las unidades de combate del ejército que les caería encima. Lo peligroso fue que sembrara la desconfianza en la política utilizada por el Estado, la sospecha en la existencia del Todopoderoso, el recelo en cuanto se refiere a la ausencia de información.

—¿Dónde obtuvo esas armas? ¿Pudo llevarse alguno de los libros reveladores? ¿Tuvo Antón algo que ver con esto? —pregunté sin todavía poder salir del impacto que me produjo conocer de la locura de la que Joaquín fue capaz. Sabía de su preocupación por la situación en que se encontraban los fracasados, conocía que estaba en desacuerdo con las eliminaciones de la gente sobrante, pero jamás imaginé que el traidor estuviera dispuesto a arrojarse al fuego para defenderlos.

—Antón no representa ningún problema, es inofensivo y manejable. Cree y sigue fielmente las leyes del Estado, es de los que se ahorcan o se meten un tiro antes que traicionarnos. Joaquín aprovechó de los privilegios que le otorgaste, pudo moverse con cierta libertad en los edificios estatales y conocer a oficiales que trabajaban dentro. Hizo amistad con varios y con ellos compartió diversiones. Se reunían en "El jardín de las delicias" y por un frasco de mermelada, una botella de frutas fermentadas o alcohol, los trabajadores sexuales se encargaron de robar las armas a los oficiales. Gracias a la fuerte vigilancia existente no logró llevarse nada de los edificios gubernamentales. Los libros no fueron tocados y las pinturas siguen en sus lugares. Espero que lo pienses mejor, dejes esa curación de lado y hagas lo correcto. Ahora más que nunca debemos mantener un control estricto. ¿Quién nos garantiza que un día cualquiera esa chispa que prendió "tu amigo" coja fuerzas y nos explote en la cara?

El diálogo que mantuve con el General había logrado envenenarme la sangre. Me dio rabia saber que pensara que no era la mujer perfecta que debía ser y que me dejara engañar por un pobre imbécil. En un arranque de ira bajé hasta los calabozos especiales dispuesta a hacer mierda al traidor.

—No voy a repetir lo mismo. Quiero los nombres de todas las personas que participaron en tu estúpido plan. ¿Estuvo Antón involucrado de alguna forma? ¿Quién te suministró las armas? ¿Divulgaste la existencia de los libros, de la información secreta? —pregunté a pesar de conocer las respuestas porque quería saber hasta dónde llegaba su osadía, escuchar de su boca las artimañas de las que se había servido para burlar la seguridad, las razones por las que exponía su vida y la de otros si sabía que la suya era una causa perdida.

Joaquín desconocía que sus seguidores ya habían sido ajusticiados y temía poner en peligro a la gente que había creído en él. Prefería aguantar golpes y humillaciones antes que denunciarlos. Abría la boca sólo para insultarme.

—¡Asesina! Mi conciencia no me permitía quedarme cruzado de brazos mientras veía como ordenabas matar a gente inocente. Gente que está condenada a vivir en la miseria, sin ninguna oportunidad para superarse. ¡Pero un día venceremos y seremos libres para decidir por nuestros destinos!

—Joaquín, estás contaminado por ideas necias y absurdas. Hablas así porque suena bonito creerse el héroe sin hacer conciencia de la realidad. ¡Abre los ojos de una maldita vez! El bien común se fue a la mierda con tantos individuos inútiles con los que debemos compartir lo poco que podemos cultivar en tierras infectadas. Te empeñas en defenderlos sin tomar en consideración las necesidades y las penurias que sufren las personas que se esfuerzan, que luchan por seguir adelante. Se me otorgó el derecho a hacer justicia, a poner fin a este gravísimo problema y el horror que he atestiguado y sufrido en carne propia me ha dado la razón para creer que debía recurrir a medidas drásticas. Medidas basadas en el principio de la decencia, del amor a la humanidad, medidas que demandaron no sólo el respeto a mí misma sino a todos aquellos que aún tenían espíritu y que merecían la vida. Joaquín, debes reconocer que los indigentes, los incapacitados, los débiles, los nadie, y todos los que impidan el avance de la sociedad deben desaparecer y que es nuestra obligación moral ayudarlos a que desaparezcan.

—¡Maldita asesina! ¡Desgraciada! ¡Eres igual de rastrera que una serpiente! Hablas de decencia y amor a la humanidad, pero insistes en humillar y eliminar a los pobres que no tienen la culpa de vivir en condiciones lamentables. No sabes el dolor que me causó descubrir que eras tú la que ordenaba las ejecuciones. Me engañaste y engañaste a todo el mundo con aquella perversa mentira de "Comida y trabajo para todos". Te aplaudí, te bendecí y entonces encontré esos malditos papeles sobre tu mesa y luego Antón me lo confirmó. Ese idiota lacayo se sentía un héroe, orgulloso de haber cumplido tus órdenes al pie de la letra. Los dos me dan asco.

—¿Te contó Antón que esas ratas no murieron en vano, que sus cuerpos han ayudado a alimentar a tanta gente hambrienta?

—Me avergüenza saber que te respetaba, que te amaba, que te reverenciaba. Eras una diosa para mí. Decías que había poco para repartir y, sin embargo, tú y todos tus aliados se hartaban, derrochaban y tiraban los alimentos a la basura. ¿Es qué nunca te detuviste a pensar en la desesperación de esa pobre gente al no tener que comer y el horror de saber que eran ellos parte de la comida? —dijo el infeliz lanzándome un escupitajo a la cara. No fue su asquerosa baba sino saber que mientras compartíamos casi a diario, a mis espaldas, trabajaba en mi contra la que provocó que lo abofeteara repetidas veces. No quise escuchar más idioteces y ordené que los verdugos entraran a la celda y le aplicaran "el submarino". Su cabeza fue sumergida, una y otra vez, en un tanque de agua hasta casi ahogarlo. Joaquín terminó sin sentido en brazos del carcelero en medio de vómitos y convulsiones, aun así, intentó insultarme—. Maldita...

Saqué la pistola del cinto y la apunté a su cabeza. Con un solo tiro en medio de los ojos terminaría con su tormento y el mío. Y no pude hacerlo.

—Métanlo en una celda pequeña y sin luz por un mes —ordené guardando el arma—. Déjenlo en ese calabozo para toda la vida. —corregí y salí del cuarto de torturas tambaleante, sintiendo que las piernas no me respondían.

—No podemos permitir que ningún grupo con ideas pervertidas y maléficas pretenda amenazar a nuestra sociedad. Por eso he decidido apoyar a la UNN de Oriente en su propósito de exterminar a los nuevos grupos extremistas. Debimos unir nuestras fuerzas mucho tiempo atrás y no permitir que esas plagas de la humanidad volvieran a reorganizarse y querer imponer las ideas del Corán, ese texto tan absurdo y falso como la biblia. No podemos permitir que ningún gusano nos amenace y vivir en zozobra por su maldita causa. He pedido a los encargados de crear nuevos métodos de control para que encuentren la forma de evitar que la gente piense estupideces, reducirles el nivel de agresividad a cero y esterilizarlos por completo. Mientras tanto el uso de las bombas limpias que hemos desarrollado últimamente son las armas perfectas para ser utilizadas en este caso, poseen el mismo poder de destrucción que los proyectiles nucleares sin tener los dañinos efectos radioactivos. Nuestras tropas se instalarán en los terrenos vecinos y desde ahí bombardearan las regiones infestadas y borrarán del mapa a cualquier maldito bellaco sanguinario de una vez por todas. Asimismo, seguiremos trabajando hasta lograr el control de rastreadores y drones. Y si el caso lo requiere usarlos como método de asesinato selectivo —informé al General de mis planes y decisiones mientras, en su oficina, intercambiábamos ideas.

—Estoy totalmente de acuerdo. Tenemos que actuar con rapidez antes que el mundo empiece a desbandarse y nuestras naciones se contagien. Hoy he recibido informes sobre las luchas que han iniciado ciertos grupos en las naciones orientales para separarse en estados autónomos. Negros, blancos y amarillos creen ser especiales y no aceptan estar representados por una sola Unión sin caer en cuenta que todos son la misma cosa, unos malditos perros sarnosos.

—¡Eso es ridículo! Pelean, vociferan, se desgañitan por obtener la igualdad, pero no quieren ser semejantes. Si nuestros pueblos nos salen con esa pendejada van a recibir una lluvia de arsénico y entonces van a ver que todos son igualmente una mierda.

—Eva, me siento orgulloso de ti, admiro tu temple y apoyo tus resoluciones. Yo sabía que llegarías a desempeñar tu cargo con criterio y sabiduría. Mi influencia sumada al entrenamiento y las enseñanzas del Maestro te han servido para unir las piezas de las realidades históricas y políticas.

—Sencillamente estoy haciendo mi trabajo y ejerciendo mi derecho y obligación para salvar a la sociedad del peligro que constituye convivir con toda clase de mierdosos. En nuestras naciones continuaremos luchando hasta exterminar totalmente a los marginales que además de mermar nuestros recursos roban oxígeno. Finalmente estoy vengando a Ami, jamás voy a olvidar la forma brutal con que una de esas ratas la mató.

—Tu madre no tenía maneras de resistir el ataque de ese miserable. Los aruñazos que le dio al apestado no fueron suficientes para defenderse.

—¿Cómo sabías que Ami aruñó a ese maldito si tú no estabas presente? —pregunté sorprendida.

—Lo leí en los informes policiales…

—Tú o nadie podía saberlo porque yo fui la única testigo del crimen y jamás rendí declaraciones. Ahora veo las cosas claras, todo ese horror fue un teatro que montaste para matarla. Tú eras la persona que estaba dentro del carro asegurándote de que todo saliera como habías planeado. Por eso las cámaras de vigilancia no funcionaron, por eso nunca se encontró al criminal a pesar de contar con un excelente equipo de investigación. ¡Asesino, eres un maldito asesino! —lo acusé sintiendo la sangre hirviéndome en todo el cuerpo. Saqué la pistola que siempre portaba conmigo y la apunté directo a su maldita cabeza.

—Eva, cálmate, permíteme explicarte. Lo que hice fue por tu bien, tenía que sacar a esa mujer del camino para que tú despertarás. Nunca hubieras desarrollado tus habilidades innatas si continuabas bajo su influencia nociva. Necesitabas un motivo suficientemente traumatizante para que empezarás a mirar en tu entorno y reconocieras la realidad. No me quedó otra alternativa que sacrificarla. Eva eres mi hija, mi única hija. Eras una niña cuando sufrí un accidente que me dejó estéril y después de ti no pude volver a engendrar otra criatura. Ponte en mi lugar y trata de comprenderme. Eva, sólo tú podías ocupar mi posición, sólo tú podías continuar con mi tarea y llevar a cabo esta misión grandiosa y sublime que nos ha entregado la vida. Tu abuela te hizo ver lo dañino que eran esos miserables marginales y yo te llevé conmigo en un viaje de reconocimiento con el único propósito de que conocieras el mundillo asqueroso de donde te hicimos creer salió el hombre que mató a tu madre. Confieso que tuve mis dudas. No estaba mal que sacrificaras a un par de ratoncitos con las herramientas que tu abuela dejó preparadas, hiciste bastante bien en la Academia degollando a cuanto pelagatos te poníamos al frente, pero con que te vanagloriaras como "La máquina asesina" no era suficiente. Yo quería más de ti. Llegué a pensar que nada de lo que habíamos hecho había servido para rescatarte del sueño donde esa mujer pretendió mantenerte encerrada. Sólo cuando leí aquel manifiesto donde expresabas tus ideas y sentimientos supe que estabas libre de influencias absurdas y lista para seguir mis pasos. Y mira donde has llegado, ya no me necesitas porque tú eres nuestra Juez Supremo. Una líder.

Bajé la mano y guardé la pistola. Tenía que darle la razón al General, yo debía cumplir una misión y la única manera de hacerlo era sacando a Ami del camino. Recordé las palabras de Ami tratando defenderme del marido y la suegra: *Ya la vida se encargará de endurecerla y ustedes de envenenarla.* Ahí me encontraba, la líder de un nuevo mundo, consciente de saber que, aunque todo fuera una sucia confabulación debía seguir adelante. La vida y los dos generales habían logrado su propósito.

—Vas a necesitar una nueva alfombra —dije sorprendiéndolo. Antes de salir de su oficina le escupí la cara.

Custodiada por los tres soldados que ya por diecinueve años estaban a mi servicio llegué a ese lugar en las afueras de la ciudad donde se encontraba la casa que habitaba el Maestro Durand. La vivienda igualmente que en el pasado estaba cercada con alambrado de púas y protegida por una veintena de soldados, cinco perros enormes y cinco cámaras de vigilancia colocadas en puntos estratégicos. Ya no se trataba de resguardar al hombre poseedor del conocimiento sino a alguien más preciado e importante: mi hijo.

A través de las pantallas el niño me había visto llegar y salió corriendo a recibirme. Detrás, Durand lo llamaba para que se detuviera.

—Ezian, Ezian. Espera que Eva entre a casa.

—Déjalo, está bien —dije revolviendo los cabellos levemente rizados del pequeño. Los dos generales aseguraban, y yo estaba de acuerdo con ellos, que los arrumacos no eran saludables y que el amor debilitaba a los seres humanos. Aun así, no podía evitar por lo menos acariciar su pelo. A pesar de mis ocupaciones llegaba a visitarlo una vez al mes, no quería hacer lo mismo que el General al cual yo veía una o dos veces al año.

—Eva, la semana pasada el General vino a verme trayendo como regalo varios libros, otro rompecabezas y un disparador de perdigones. Ayer volvió y esta vez trajo una pistola grabada con mi nombre y una escopeta de verdad. Llevando las armas fuimos al campo para que yo practicara mi destreza acertando al blanco. Si vieras la cantidad de ratones, comadrejas y conejos que logré matar. El General dijo que apenas cumpliera los doce años empezaré mi entrenamiento militar y entonces podré matar a la gente que se resiste a obedecer, a los traidores y también a las partes sobrantes. Ya no puedo esperar para ir a la Academia y mostrar a todos mi habilidad usando las armas. ¡Voy a ser un general igualito a él!

—Así es Ezian vas a ser como él. Impondrás tu voluntad, demandarás obediencia, orden, disciplina, mantendrás el control absoluto y todos te respetarán y te amarán y te odiarán también. Tú serás Dios, el dueño y señor de todo y de todos, un líder igual que el General —dije sin añadir que con esas palabras también estaba hablando de su madre.

—¿Era mi padre un general igual que abuelo? —preguntó un día mientras alimentábamos a los perros con trozos de ratas.

—Sí —mentí, no porque quisiera ocultarle el origen humilde de Val sino porque creí que era muy pronto para que conociera la verdad. Una verdad que podría debilitar su carácter—. Vamos, no te entretengas y sigamos dando de comer a los animales —dije para que no continuara con las preguntas.

—Sé que trabajas con mi abuelo ¿Eres un general como él? —curiosamente tuvo la misma inquietud que tuve cuando tenía su edad.

—Soy Juez Supremo —respondí quizás decepcionándolo y para que no continuara con el interrogatorio le pedí que me mostrara los libros que le había traído el General—. Podemos leer uno juntos y después nadaremos en la alberca. Sé que eres un excelente nadador.

El niño estuvo de acuerdo y contento trajo los libros entre los que se encontraban los consabidos textos sobre estrategia militar y usos de armas de ataque entre otros de títulos desconocidos. Los mostré a Durand pidiendo su opinión.

—Me parecen bien. Ezian es talentoso, sagaz, atento y puede fácilmente captar el mensaje en los libros.

Cuando ya no pude ocultar mi preñez dejé todo en manos del General y vine a refugiarme en esta casa donde ya vivía Durand como el nuevo Maestro. Durand miró discretamente mi abultada barriga de siete meses y medio de embarazo y no hizo preguntas, sencillamente se limitó a llamar a Kira, la mujer encargada de la casa por los últimos cinco años, para decirle: *Ella es Eva, la hija de un amigo militar. Va a quedarse con nosotros y tú vas a ayudarla en todo lo que necesite.* Kira no representaba ninguna amenaza porque desde que llegó nunca salió ni pidió salir de la propiedad. Como toda la gente de su clase era analfabeta y estaba conforme con su vida y su destino. Durand no tenía familia y cuando Ezian nació lo recibió como si el niño fuera algo suyo. Lo complacía y enorgullecía tener que educar a un futuro general desde la infancia.

Llegó la hora de regresar a mis obligaciones. Ahí dejaba a mi hijo pidiendo que me quedara con él un tiempo más. Lo había visto nadar, sumergirse y hacer alardes de ser un buzo sin necesidad de aparatos para respirar dentro del agua. Lo había visto correr por el patio caliente de sol, jugar con los dos cachorros que una de las perras había parido meses atrás, lo había visto rodar por la hierba y lo había escuchado reír feliz como cualquier otro niño y sentí contento y tristeza a la vez. Contento de saberlo sano y fuerte, y tristeza de que creciera y se enfrentara al mundo hostil que lo esperaba. Ezian me abrazó. Sabía que no era correcto, que no era recomendable, por eso, a pesar de querer apretarlo entre mis brazos, lo empujé y le dije adiós. Antes de retirarme miré el libro que seguramente Durand estaba leyendo porque descansaba sobre una mesa y leí el título: *El paraíso perdido*.

—No vayas a hacer que el niño crea en esos cuentos absurdos y estúpidos, pueden confundirlo —dije señalando el título de la obra.

—En este caso el paraíso no es un lugar físico como lo presentan los textos religiosos sino un estado de ánimo mediante el cual el hombre siente felicidad. Ahora Ezian no está listo para comprender el problema del mal y el sufrimiento que ese Dios todopoderoso, según los creyentes, permite cuando puede evitarlos. Pero cuando crezca será necesario que lea textos como éste para que comprenda lo peligroso que los libros pueden resultar en manos de las masas, que su influencia puede ser prejudicial, desastrosa. —Durand gozaba de toda mi confianza y podía hablarme con absoluta libertad por eso se atrevió a mencionar a Joaquín—. Voy a leerte este párrafo donde Satanás incita a sus seguidores a rebelarse contra Dios y te darás cuenta que la posición del traidor es la misma que la de Joaquín: *De hoy más, ya conocemos su poder como conocemos el nuestro, de modo que no provoquemos ni rehuyamos con temor cualquier guerra a que nos provoque. El mejor partido que nos queda es el de emplear nuestras fuerzas en un secreto designio: el de obtener por medio de la astucia y del artificio lo que la fuerza no ha alcanzado, a fin de que en adelante sepa por lo menos que un enemigo vencido por la fuerza sólo es vencido a medias.*

—Maldito traidor y pensar que lo consideré mi mejor amigo, que lo escogí y le regalé la oportunidad de conocer otro mundo. Déjame ver ese libro —pedí y al vuelo leí un párrafo que pensé estaba escrito para mí: *Todos los caminos me llevan al infierno. Pero ¡si el infierno soy yo! ¡Si por profundo que sea su abismo, tengo dentro de mí otro más horrible!* Voy a llevar el libro conmigo, tengo curiosidad —dije sintiendo que esas palabras me quemaban por dentro.

Conocer la verdad sobre la muerte de Ami no me produjo dolor sino rabia, una rabia tan intensa que me impedía comer o dormir. Las razones dadas por el General justificaban su cobarde y miserable acción, pero no eran suficientes para aplacar las ganas de castigar y vengarme del ser despreciable que era mi padre. Padecía el insomnio contemplando la noche desde la ventana en mi apartamento. El brillo de los astros y las luces de las cámaras de seguridad no lograban calmar mi furia y sin poder conciliar el sueño tramaba una y más maneras de conseguir la revancha. Solamente la venganza podría traer la calma que mi mente y mi cuerpo necesitaban. Tres días después me presenté en la oficina del General acompañada de la Generala y un marginal que había ordenado traer al edificio central.

—¿A qué se debe que te presentes en mi oficina así de repente, sin pedir permiso, con mi madre y este harapiento infeliz? —preguntó el General entre furioso y sorprendido.

—¡No comprendo que hago aquí! Eva no ha podido darme ninguna razón, pero viniendo de ella sé que será para saldar alguna cuenta que tiene contigo, conmigo o con los dos —dijo la Generala mirándonos inquisitiva—. ¡Díganme de una maldita vez qué es lo que está pasando!

—Te dije que necesitarías una nueva alfombra —recordé mis palabras al General y mirándolo con desprecio lancé una carcajada. Saqué la pistola del cinto y la levanté en el aire—. ¡Haz lo que te pedí! ¡Ahora! —ordené mirando al marginal asqueroso.

El hombre agarró a la Generala por detrás y le clavó en el costado el puñal que llevaba envuelto en un trapo. El marginal la tumbó al piso y le enterró el punzón en el estómago, en el pecho, una y otra vez. La Generala gritó, pataleó e intentó en vano defenderse.

—¿Cómo te atreves a hacerle esto a tu abuela? —preguntó el General encolerizado, las venas del cuello pronto a reventar. Sin importarle que lo tenía apuntado con la pistola se levantó de la silla con intenciones de detener al marginal, pero al escuchar mis carcajadas volvió a sentarse viendo cómo, ya sin fuerzas, la vieja se abandonaba a su suerte. Finalmente, el hampón le hundió el arma punzante en la garganta.

—Ahora estamos a mano, tú mataste a mi madre y yo maté a la tuya. Ya sabes lo que significa ver cómo le arrebatan la vida a un ser querido, aunque dudo que tú puedas ser capaz de saber lo que se siente.

—Una vez más pruebas que eres mi hija. Me siento orgulloso de ti —dijo insensible y haciendo gestos de aprobación con la cabeza apretó un botón para que los soldados apostados fuera de su puerta entraran. Sin mostrar afección alguna ordenó que envolvieran el cadáver en la alfombra, lo llevaran a los botaderos de basura y lo incineraran. Yo pedí que detuvieran al marginal y lo metieran en un calabozo mientras llegaba el día de fiesta en el Anfiteatro.

—Usted prometió que, si hacía lo que me pedía, mi familia y yo estaríamos libres de las persecuciones

—se atrevió a reclamar el infeliz marginal y ahí mismo le metí un tiro en medio de los ojos.

—Envuelvan a ese gusano también —di la orden y una vez que los soldados salieron para cumplir con el mandato me dispuse a abandonar la maldita oficina. La voz del General me lo impidió.

—Siéntate, tengo que hacerte una confesión para de una vez por todas dejar este capítulo atrás —dijo con actitud altanera, hizo una pausa esperando a que yo tomara asiento—. Cuando era joven, igual que lo haces tú, utilizaba a cualquier infeliz para satisfacer mis instintos carnales. Resultaban mucho mejor que usar a un animal para conseguir el placer y aliviar la presiones y responsabilidades que demandaba el Estado.

—¿A dónde quieres llegar con esas estúpidas y puercas declaraciones? ¿Justificar tu lujuria? ¿Criticar mis acciones personales? Si es así no te lo permito —grité encolerizada ante su descaro.

—Quiero decirte que tu madre pertenecía a ese grupo de inmundas ratas. Su belleza me cautivó y la llevé conmigo. Luego me arrepentí y si no la devolví a su madriguera fue por ti. Estabas tú: mi hija, mi única hija y creí conveniente que estuviera a tu lado. Muchas veces intenté hacer de ella una persona consciente, normal, pero todos mis esfuerzos fueron en vano porque la mujer era bruta, no poseía intelecto. Era una marginal, una nadie.

Escuché sus palabras y sin lograr procesarlas lo miré sin parpadear. Esa revelación me impactó con la misma fuerza de un puñetazo en la cara. Lentamente salí del trance y en ese momento comprendí por qué el General era déspota y cruel con ella, por qué la abuela la trataba como si fuera un perro sarnoso, por qué Ami era tan apocada y le dolía saber del tratamiento que se daba a los indigentes.

—Esa fue otra razón para que la hicieras asesinar, por eso me llamabas blandengue tarada y temías que yo nunca lograra superar su mala influencia.

—Tuve la gran suerte de que heredaras mis genes saludables, mi genio y excelentes características.

Me levanté y me dirigí hacia la puerta. No deseaba seguir hablando con él, pero su voz me detuvo una vez más.

—Personalmente voy a dedicarme a la educación de mi nieto. Ezian continuará nuestra estirpe, nuestra misión y será el próximo líder. El mundo merece seguir avanzando, elevando el valor de la vida sin la lacra que significan miserables y fracasados. Ezian no tiene que saber de nuestras debilidades y vergüenzas. Jamás va a enterarse de que su padre fue un asqueroso nadie, un plomero.

Quedé estática junto a la puerta. La saliva me supo amarga, sentí que la sangre me hervía en las venas. Llena de rencor toqué la pistola con la punta de mis dedos, por un momento intenté desenfundarla, pero continué sin moverme. En ese instante comprendí que Val no había muerto a causa de un accidente. El maldito que era mi padre sabía de él y lo sacó del camino como hizo con Ami. Como ella, Val era una mala influencia que me impedía cumplir a cabalidad con mis obligaciones y responsabilidades. Recordé las palabras que dijo cuando supo del ataque del que fui víctima en manos de ese mugroso en la playa: *Qué esta experiencia te sirva para comprender que no puedes andar metiéndote en cualquier parte, en barrios inmundos de muertos de hambre*, y todo empezó a tener sentido.

Me había mandado a castigar por ese haraposo que violentó mi cuerpo y cortó la cara.

—Los hombres metidos en ese carro junto a la playa eran soldados listos para rescatarme en caso de que no pudiera defenderme —dije sin preguntar porque esa era la respuesta. Dejé de sentir el arma y abrí la puerta, no tenía sentido acusarlo o matarlo. Yo y él éramos la misma cosa y compartíamos la misma suerte. Antes de salir volví a escuchar su maldita voz.

—Eres mi hija, mi creación, y no voy a permitir que nada ni nadie te aparte de tu destino. Espero que puedas seguir ejerciendo tu importante cargo sin más distracciones. Algo más, sería aconsejable que tuvieras otro hijo. Te lo digo porque siempre es bueno tener opciones, si uno resulta un tarado o sufre algún accidente puedes contar con el otro. Procura que mi segundo nieto sea engendrado por un general. Siempre pensé que Antón era un buen candidato, por ese motivo siempre lo favorecí. Sería bueno que lo tuvieras en mente.

No exige de nosotros otra cosa que un solo deber, una fácil obligación; que de todos cuantos árboles producen en el paraíso frutos variados y deliciosos, nos abstengamos únicamente de tocar el árbol del conocimiento del bien y del mal, plantado cerca del árbol de la vida: ¡tan cerca de la vida crece la muerte! ¿Y qué es la muerte? Alguna cosa terrible, sin duda; porque, como tú no ignoras, Dios ha dicho que tocar el árbol del conocimiento del bien y del mal es lo mismo que morir. Esta es la única prueba de obediencia que nos ha impuesto entre tantas facultades de poder y soberanía como nos ha conferido.

Cerré *El paraíso perdido* y con rabia tiré el libro al suelo al recordar la traición de Joaquín. ¡Estúpida! me llamé a mí misma. ¿Qué mierda estabas pensando cuando permitiste que Joaquín conociera la existencia de los libros, la historia de la humanidad? Yo misma había puesto en sus manos las armas para atacarme y la oportunidad de rebelarse en mi contra. Había hecho lo mismo que Dios: obligar a un hombre a obedecer y al mismo tiempo ponerle el objeto de prohibición delante de los ojos. Igual que ese Dios en vez de matar al transgresor y ahí mismo sacárselo de encima, yo había decidido dejar a Joaquín con vida. De seguro que estaba riéndose de mí dentro de esa celda donde estúpidamente lo sentencié de por vida. Igual que Satanás, en el libro, Joaquín estaría pensando que sólo lo había vencido a medias y mientras permaneciera vivo cabría la posibilidad de volver a darme otra estocada.

Bajé hasta el sótano donde se encontraban los calabozos y cuartos de tortura para presos especiales. El guardia de seguridad abrió la celda de Joaquín y pedí que esperara fuera de la puerta. Encontré a Joaquín tirado sobre un camastro. Desde la última vez que lo había visto, tres meses atrás, había enflaquecido, tanto, hasta parecer un esqueleto vestido con harapos. Con los ojos y los pómulos hundidos, la barba y el pelo largos, lo desconocí. Si no hubiera sido porque al verme exclamó: *¡Maldita asesina!* y su voz permanecía inalterable hubiera jurado que era otro hombre. Quizás realmente era otro hombre o por lo menos no el que yo creía conocer.

—¿Dónde quedó el amigo que muchas veces juró siempre estar de mi lado?

—Jamás sería cómplice de una persona baja, miserable y sanguinaria como tú. De un monstruo que disfruta dañando y destruyendo a su prójimo. Me engañaste, mentiste a todo el mundo con esa farsa perversa de "Comida y trabajo para todos". Me llena de vergüenza saber que un día te consideré mi amiga. ¡Maldita asesina!

—No comprendo por qué me llamas maldita y me acusas de miserable cuando tú mejor que nadie conoce que mi intención siempre ha sido facilitar las cosas. A pesar de que sus condiciones son las mismas que la de los animales, ofrecí protección, alimento y trabajo a esa escoria mierdosa para que fuera feliz y no encontrara excusas para protestar. No entiendo qué es lo que buscabas o qué más podían ellos pedir si les di la posibilidad de hacer algo beneficioso con sus vidas, les ofrecí la oportunidad de convertirse en personas útiles y formar parte del nuevo hombre.

—Diste de comer a esa pobre gente alimento mezclado con toda clase de alimañas, sobras y su propia carne. Los forzaste a realizar trabajos en lugares donde sabías que difícilmente podrían sobrevivir. Los expusiste a las más brutales condiciones físicas, operando, sin ninguna protección, equipos para ellos desconocidos y peligrosos. Bien sabías que morirían sepultados bajo los escombros de edificios podridos que se desmoronaban, mordidos por animales venenosos que habían anidado entre las ruinas o electrocutados por algún cable suelto bajo el lodo. Sabías que el mar se los tragaría vivos enredados en las toneladas de basura plástica, que los campos agrícolas a los que mandaste rehabilitar contenían un alto porcentaje de emisiones radioactivas.

—¿Qué querías? ¿qué ofreciera potajes a esos muertos de hambre? ¿Qué los mandara a limarse las uñas? ¿Qué me pusiera a llorar porque cien morían cuando había mil más para sustituirlos? Por más que lo repita nunca vas a entender que la eliminación de los inservibles es la manera más segura para mantener protegida a mi gente y evitar regresar a la barbarie del pasado, volver a destruir el mundo. Reconoce que dándoles una muerte rápida les hacía un favor porque de todos modos no tenían ni tienen salvación. ¿Encuentras otro modo de evadir la tragedia que según tú significa sacarlos del medio?

—Tragedia es algo ocasionado por un evento natural, un tornado, un terremoto. Lo que tú haces no se llama tragedia, se llama asesinato, se llama genocidio. ¡Eres una asesina, una carnicera! Utilizas el poder para matar y encima querías que yo pretendiera que tus crímenes no existían y siguiera apoyándote. No me arrepiento de haberme levantado contra ti y la perversa maquinaria que nos domina. Sería un cobarde si me hubiera mantenido indiferente ante la injusticia, el abuso y la maldad.

—Eres un estúpido y un necio. Esto no es cuestión de injusticia, abuso o maldad. Ni siquiera es abuso de poder, esto que hacemos se llama sobrevivencia. ¿Qué ganamos con todos esos miserables que aportan con nada y más bien amenazan nuestra seguridad, nuestras posibilidades para subsistir? Es nuestro deber, nuestra obligación social y moral, acabar con la pobreza de una vez por todas y la única manera de hacerlo es eliminando, matando, pulverizando a los pobres.

—La pobreza no se termina matando a los pobres sino ofreciéndoles oportunidades y medios para superarse. Todo el mundo tiene derecho a una mejor calidad de vida, a conocer y decidir por sí mismos.

—Eres un iluso ¿Crees qué es correcto volver hacia atrás cuando conoces que el derecho de hacer esto y aquello llevó el mundo a la destrucción? Joaquín, sigues sin entender nada. La gente no sabe lo que quiere y el Estado es sabio dando a cada uno lo que se merece. La historia nos dice que desde el comienzo de los tiempos existió el grupo de los miserables y ya han pasado miles de siglos y esas ratas asquerosas, esos fracasados siguen iguales. Llegó el momento de ayudar a este mundo enfermo y aliviarlo de la podredumbre.

—¡Estás loca de remate! Esas ratas y esos fracasados como tú los nombras no han podido desarrollar sus habilidades por culpa de los tiranos como tú. Estás delirando si crees que matando a la pobre gente vas a resolver un problema. No te das cuenta que mientras existan opresores habrá miserables, los unos crean a los otros. Así de sencillo porque el mundo ideal no existe, todas las teorías que predican sobre el exterminio de los salvajes fallan. Aquí en esta vida estamos tratando de seres humanos mañosos luchando por sobrevivir y los que tú llamas "ratuniodes" no van a desaparecer porque al igual que los poderosos participan en la misma competencia por la vida. Sé que empezaste a tramar contra fanáticos e intolerantes, pero éstos tampoco van a desaparecer como tú crees. Estos grupos luchan y matan en nombre de Alá como otros hicieron por Cristo, por Yahvé, por el Perro o la Vaca, el nombre es lo de menos. Realmente lo hacen en defensa de sus ideas que para cada uno es correcta. Llegan al extremo cuando quieren imponer su verdad a los demás, así como lo haces tú al negar a la gente la oportunidad de pensar, de expresar sus ideas, de desarrollar sus capacidades, de tener una vida decorosa.

—¿Por qué hablas tanta mierda? Te niegas a ver el verdadero objetivo de mi trabajo, que es el mismo de la naturaleza. Los marginales están condenados por una ley inevitable que les impide realizarse, nacieron atrofiados, carecen del motor que los impulsa a activar las partes más elevadas de su esencia, no pueden competir en una lucha tan dura como es la existencia.

—¡Eres una serpiente ponzoñosa! Una resentida y una amargada, jamás has podido ser feliz. Además, eres una hipócrita. Decías odiar a los nadie y te revolcabas con esos miserables. ¿Quiénes crees que eran todas esas personas que Antón y yo llevábamos a tus orgías? ¡Farsante! Te escondías tras una máscara porque ni para hacer el sexo eras genuina, porque temías que los otros descubrieran tu miedo a ser solamente una mujer. Te cansaste de coger en grupo y utilizaste a un pobre obrero para saciar tu lujuria. Pediste mi ayuda para que le consiguiera alimentos, para que lo llevara a conocer el campo. Te ayudé con todo lo que me pedías creyendo que podías llegar a amar a otro ser humano. Sólo después pude darme cuenta de que eras incapacitada para sentir empatía y menos para sentir amor. Si hiciste lo que hiciste por el pobre obrero fue para probarte que eras capaz de atraer a un hombre y para así pagarle por el hijo que te hizo. Sólo una persona tan sencilla e ingenua como Val pudo creer en ti y caer en tu asqueroso juego. Después de todo me das pena, pudiste ser una bella mariposa y escogiste ser un asqueroso gusano.

—¡Cállate! Tú no sabes nada, no sabes lo que dices.

—Lo engatusaste y le hiciste creer que eras capaz de sentir algo noble. ¡Cómo si una culebra pudiera amar a alguien!

—Siempre quise que estuvieras a mi lado y lucharas por mi causa que, aunque no la reconozcas es la más sabia, noble y correcta. Te di la oportunidad a que conocieras la verdad, cosas que ni en sueños podías haber visto y me fallaste. Creíste que podías actuar por tu voluntad y desafiar mi autoridad. ¿Qué pensabas conseguir con cuatro pelagatos? ¿Derrumbar al Estado más fuerte del mundo? ¿En qué cabeza puede caber la idea de enfrentarse al ejército mejor organizando del planeta? Ya me cansé de ti. La muerte es lo que mereces por rebelde y estúpido —sentencié y lo apunté con mi pistola.

—Si piensas que matándome vas a impedir que el rechazo a la tiranía continúe estás equivocada. Fuera hay hombres y mujeres, soldados de la contienda por un futuro seguro donde la injusticia organizada no tendrá tregua. Esta es una lucha dura, pero ellos saben del compromiso que llevará a la humanidad a gozar de sus derechos, a ser libres. Y si crees que te tengo miedo te equivocas. Tú puedes matar el cuerpo más no el alma, yo temo a aquel que puede destruir cuerpo y alma en el infierno. Tú, maldita asesina, obtendrás el castigo divino. *Oísteis que fue dicho a los antiguos: No matarás; más cualquiera que matare, será culpado en el juicio.*

—¿De qué estupideces hablas? ¡Insensato se te achicharraron los sesos! No sólo te contagiaste con ideas perversas y mitos infames, sino que reniegas del Todopoderoso.

—*Porque manifiesta es la ira de Dios del cielo contra toda impiedad e injusticia de los hombres, que detienen la verdad con injusticia.* ¡El Señor, el único y verdadero Salvador del Mundo hará justicia!

Llevada por la indignación que me causaban sus irrazonables palabras le disparé una y otra vez hasta verlo caído y convertido en un cuerpo agujereado a balazos.

Había caído la noche cuando abandoné las celdas de tortura y subí al cuarto piso. Debía deshacerme de las ropas ensangrentadas y meterme en la bañera para sacarme la peste a muerte que llevaba pegada a la piel. Me sobresalté al encontrarme con el General parado junto a la puerta de mi oficina.

—¡Bravo! —dijo aplaudiendo—. Te felicito por lo que acabas de hacer. Finalmente superaste tu debilidad afectiva y lograste vencer no a un adversario del Estado sino a tu peor enemigo. El cariño que sentías por Joaquín era tu talón de Aquiles, su influencia afectaba tanto a tu estabilidad emocional como a tu toma de decisiones. Con él vivo siempre estarías dudando de tus acciones, siempre estarías en peligro de claudicar. El cariño y el amor debilitan al ser humano pero la amistad lo aniquila. Eva, ahora sí puedo decir que mi labor ha terminado y exitosamente. Eva, estás hecha a mi imagen y semejanza. He creado a la mujer perfecta, la que posee el conocimiento y es sabia, la que no conoce barreras, la que está en control absoluto y sabe hacer cumplir su voluntad. Eva, eres la verdad y la vida. Gloria, honor y poder a ti por los siglos de los siglos. —concluyó de decir poniendo la mano derecha sobre el pecho como muestra de rendición y respeto. Sacó el broche con el ojo dentro de un triángulo, símbolo del poder, que adornaba la pechera de su casaca y lo prendió en el lado izquierdo de mi chaqueta. Por un momento quedé inmóvil y como si estuviera mirándome en un espejo vi mi reflejo en la despreciable persona que era mi padre.

—¡Ponte de rodillas y besa mi mano! —ordené altanera y por primera vez en la vida vi al General rendirse ante otra persona—. ¡Ya puedes marcharte! —una vez más le ordené despóticamente. Lo hice no para ostentar el poder que acababa de entregarme sino para humillarlo, para aplacar la amargura y el resentimiento que me envenenaban el alma.

Me quedé parada junto a la puerta de mi oficina viendo como el General se alejaba por el corredor. Debía sentirme feliz, triunfante, por fin había alcanzado el poder total. Todo lo contrario, una sensación de vacío y abandono me apretaba el pecho. Entré a mi oficina, encendí las luces, y creí encontrarme en un lugar falto de oxígeno, de aire, de emociones, de sentido. Me agarré de la pared porque me costaba sostenerme en pie y, lentamente, me dejé caer al piso. Ahí me quedé por mucho rato tirada en el suelo, paralizada, incapacitada para moverme, con los músculos adoloridos, así como si estuviera atrapada bajo los escombros que deja un bombardeo. Sentí que mi cuerpo y mi vida hedían a muerte y empecé a gritar consciente de saber que nadie me escucharía, que nadie vendría a socorrerme. Quién creería que la mujer más poderosa del mundo, la que momentos antes puso de rodillas al General, la que con un gesto tendría al planeta entero doblegado a sus pies, no tenía a nadie para consolarla cuando se sentía dolida y sola.

Antes de meterme a la bañera, como todos los días, me asomé a la ventana de mi apartamento. A pico de botella bebí varios sorbos de la amarga mezcla que poseía el maravilloso poder de apaciguarme y volví a sentirme fuerte y en completo control. Dejando atrás esos momentos vergonzosos de debilidad propios de los pobres diablos que me rodeaban, contemplé las calles semi desiertas, las casas a oscuras que parecían estar deshabitadas, el paisaje sombrío apenas iluminado por las lucecitas de las cámaras de vigilancia brillando en la obscuridad. Comprobando que los soldados patrullaban los contornos del edificio con una sonrisa de satisfacción me dije: *Nunca estuvieron las cosas mejor que ahora.*

Mañana mismo ordenaría la movilización de las tropas a los territorios que antes de la Gran Guerra fueron parte de Asia Occidental. Estábamos comprometidos con los líderes de Oriente para, en nombre de la paz, y con nuestro armamento especializado, aplastar a quien fuera, especialmente a los grupos radicales antes de que arrasaran con todo y, como en el pasado, convertirse en una violenta realidad política en la zona y en el mundo. No importaban cuántas evidencias, cuántos argumentos, teorías y payasadas, no podíamos cambiar el pasado, sin embargo, si podíamos resolver en el presente para prevenir los daños en el futuro. No importaba que fanáticos y rebeldes volvieran a reorganizarse como aseguró Joaquín porque volveríamos a la carga y ya no estaríamos abiertos al diálogo, ahora eliminaríamos sin hacer preguntas. De la historia había aprendido que el conflicto ocasionado por aquellos grupos que se empeñaban no sólo en creer sino querer imponer ideas idiotas, que se negaban a negociar e insistían en la provocación únicamente se resolvían con el uso de la fuerza armada; a balazos, fuego y bombardeos. De paso la movilización militar nos serviría para otros propósitos. Con el tiempo, y con astucia, pasaríamos a ser una fuerza militar de ocupación que imponía su política y que a la vez aprovechaba los recursos de los que gozaban los Estados invadidos.

Todavía maquinando estrategias e invasiones, fui al cuarto de aseo y dejé correr el agua caliente en la tina de baño. Me despojé del cinto donde llevaba la pistola, lo deposité sobre el tablero y antes de desnudarme observé mi figura en el espejo descubriendo que por culpa del maldito Joaquín su sangre no sólo había manchado mi uniforme sino mi rostro. *¡Estúpido!* *¡Imbécil!* exclamé mientras me lavaba las manos y veía como la sangre pegada a ellas corría mezclada con el agua. El vapor del agua caliente empañó el cristal y mi imagen se tornó difusa, se desfiguró. Por un momento me desconocí, los contornos imprecisos de mi cuerpo parecían los de una muchachita alta y flaca. Con el dorso de la mano limpié el espejo hasta que mi reflejo volvió a asomarse a la superficie. Me deshice del manchado uniforme, liberé el pelo recogido en un moño y me observé detenidamente. La mujer en el cristal era alta, atlética, imponente, tenía una asquerosa cicatriz cruzándole desde la oreja derecha hasta la mitad de la cara, sus ojos grandes y grises me miraron desafiantes y sus labios delgados me sonrieron con una mueca de desdén. *Eva, mírala bien y no te hagas la sorprendida, mírala bien, esa "maldita" que ves en el espejo eres tú,* dije devolviéndole el gesto, recordando el sueño que tuve cuando era una niña y la visión del futuro me produjera pánico. Ese pánico desapareció una vez que fui adiestrada y comprendí que el mundo me necesitaba, que yo era la elegida para sanarlo y salvarlo de la destrucción. Tomé una toallita, la humedecí, limpié la sangre en mi cara y me metí en la bañera.

Eva estás por encima de todo y todos, eres la dueña del mundo. No es verdad que somos felices, que tenemos todo. Eva, este orden no puede ser correcto y no es correcto. Eva pruebas que eres mi hija, me siento orgulloso de ti. Después de todo me das pena, pudiste ser una bella mariposa y escogiste ser un asqueroso gusano. Oísteis que fue dicho a los antiguos: No matarás; más cualquiera que matare, será culpado en el juicio. Las voces de la Generala, de Joaquín, de mi padre, se confundieron con los siseos del agua saliendo del surtidor, resonaron en mis oídos, dieron vueltas en mi cabeza y sentí que me sofocaban, que me estrangulaban. Desde muy lejos me llegó el sonido de una melodía. Reconocí la dulce voz de Ami cantando las líneas de aquella canción que cantábamos juntas, aquella canción que ella aprendiera cuando era niña. Escuchándola, lentamente, me hundí en el agua.

I see trees of green, red roses too.
I see them bloom, for me and you.
And I think to myself, what a wonderful world.